Franz Trautmann

Traum und Sage

Franz Trautmann

Traum und Sage

ISBN/EAN: 9783741158865

Hergestellt in Europa, USA, Kanada, Australien, Japan

Cover: Foto ©Andreas Hilbeck / pixelio.de

Manufactured and distributed by brebook publishing software
(www.brebook.com)

Franz Trautmann

Traum und Sage

Traum und Sage.

Von

Franz Trautmann.

München, 1862.
E. A. Fleischmann's Buchhandlung.
(August Rohsold.)

Es ging im heißsten Mittagsstrahl
Ein Spielmann entlang im Felsenthal.
D'rin summten die Mücken durch die Luft,
Ein Vogelschrei aus Rüster und Kluft,
Sonst aber war es still und leer,
Kein Mensch kam seines Weg's daher
Zu Roß, zu Wagen, oder am Stab;
So war's da, wie ein offenes Grab,
Darin ein einsam Käferlein schritt' —
Und doch mißfiel's dem Spielmann nit.
Denn lieber, als die Welt voll Streit,
War ihm der Segen der Einsamkeit,
Zu ungestörter Wanderlust,
Der Sagen Wonne in seiner Brust!

IV

Und über die Saiten, so im Schreiten,
Ließ willenlos die Hand er gleiten.

Da hob sich's an allen Enden empor,
Und kamen Ritter und Fräulein hervor
Und Sänger und Pilger und sonst noch Viel',
Die kamen All' auf sein Zauberspiel,
Aus nahem und aus fernem Lande,
Von Bergen, aus Thälern, vom Meeresstrande,
Die Einen klar mit Licht umgossen,
Die Anderen wie von Nebeln umflossen;
Und sie drängten sich Alle traulich hin:
„Nicht wahr, wir sind nach deinem Sinn?
Wir folgen dir bis zu der Oede Saum —
Dann ist er zu Ende, dein gol'dener Traum!"

Und es nickte der Spielmann, zog fort und fort
Und sann fürbaß von Ort zu Ort.
Doch Der und Die aus dem lustigen Chor,
Sie flüstern ihm Kunde in's lauschende Ohr

V

Von Lust und Leid der alten Zeit,
Von Kampf und Wallfahrt und Liederstreit,
Von schelmischem Zauber mächtiger Feen,
Von Trennung, von Sehnsucht und Wiedersehen!

So flüsterten sie, die Ritter und Damen,
Bis der Spielmann und sie, bis sie fürder kamen,
Wo die Well sich wieder aufthat weit,
Mit ihrem Getriebe voll Zorn und Neid,
Mit ihres Muthes schwankem Spiel,
Bei viel Gerede von hohem Ziel,
Mit ihrer Gottestreue Schaum —
Ja sie zogen bis zu der Oede Saum,
Wo sie schelten wollten mit Herzeweh,
Wo sie flüstern wollten: Ade, ade!

Und der Spielmann, beim Flüstern versah' er das Ziel,
Und die Andren versah'n 's bei des Spielmanns Spiel —
Fort zog er sonder Zagen und Scheu',
Und die Andren folgten ihm willenlos treu!

VI

So zog er über der Oede Saum
Der Spielmann mit seinem bunten Traum —
D'rum ist er in der heutigen Welt
So wohl mit aller Kunde bestellt!

Inhalt.

Von drei Lilien.

O Treue, du schönes Wort!

Viele Wolken entschwinden, viele hundert Quellen verrieseln, die Schwalben ziehen im Herbst von dannen und viele Tausende kommen nicht wieder — viel tausend Worte der Treue flossen in der Zeit der Trennung — und verklangen und verhallten für ewig.

O wie schön ist's, wenn das nicht!

Am Rhein, da war ein Fräulein, das liebte einen Ritter von ganzem Herzen, und als er sich einst aufmachte, in's heilige Land zu ziehen, und sie selbzweit zum Letztenmal im Burggarten des Vaters dahinschritten, bat sie den Ritter ganz inniglich um Treue.

Die versprach er ihr auf das Heiligste und er bat sie um das Gleiche.

Als nun der Ritter fortgezogen war, das Fräulein aber in leiser Schwermuth zurückblieb, kam eine Fee zu ihr und sagte:

„Nimm bu biefe brei Lilien, unb fo gewiß fie nicht verwelken, fo gewiß ift er Deiner ftetß eingebenk; wenn fie aber welken, fo haft bu ficheren Bericht feiner Untreue, unb er wirb bir nichts läugnen können."

Da nahm baß Fräulein bie zauberhaften brei Lilien, verfenkte fie in eine golbene Schale, unb bie Lilien welkten nie im Geringften, fon= bern ftanben immer in ber fchönften Blüthe.

Da kam eine fpätere Zeit, unb ber Ritter kehrte heim vom heiligen Lanbe.

Da war baß Fräulein unfäglich froh, er= zählte ihm Alleß von ber Fee, zeigte ihm bie brei Lilien in ber golbenen Schale unb fagte: „Ja, bu warft mir treu. Ach hätte bir bie Fee nur auch brei Blumen gegeben, baß bu erfehen hätt'ft, wie auch ich Deiner bachte am Tag — unb zu Nacht in all meinen Träumen!"

Unb es fagte ber Ritter: „Seele mein, ich will bir'ß heilig glauben."

Da fagte eine anbere Stimme: „Aber bu follft eß wiffen unb erfahren."

Unb ba fie umfah'n, ftanb bie Fee bei ihnen. Die nahm bem Fräulein bie brei Lilien

aus der Hand, bot sie dem Ritter dar und
sprach: „Wie sie sind, so war deine Treue;
wie sie nun werden, so viel mehr dachte sie
an dich!"

Und als der Ritter die drei Lilien nahm,
wurden sie unsäglich schön, viel schöner, als
je Lilien in dieser Welt gewesen, ein wonniger
Duft entquoll ihnen, gleich als ob es Blumen
aus dem Paradiese wären, und ein wunder=
bares, reines Licht umgab sie.

Da sah der Ritter voll Freude, wie heilig
treu sein Lieb an ihn gedacht habe, konnte sich
nicht satt sehen an den Lilien und sagte: „Ich
will sie für immer bewahren!"

Darauf sagte die Fee: „Das sollst du nicht,
es wollen noch Andre Gewißheit."

Und als der Ritter aufschaute, waren ihm
die drei Lilien aus der Hand verschwunden,
und die Fee war auch verschwunden. Aber nicht
die Seligkeit im Herzen Seiner und seines
Lieb's. Denn seine Treue war erprobt — und
die des Fräuleins um noch viel schöner!

Wie das Veilchen ward.

Als der Blumenkönig Florealis einst=
mals wieder auszog, die Gefilde zu schmücken,
hörte er von einer gewissen Landschaft, in
welcher sehr viele schöne Jungfrauen lebten.
Weil ihm nun solche Jungfrauen jeder Zeit
ein äußerst angenehmer Anblick waren, entsandte
er zur Stelle einen Botschafter und ließ feierlich
verkünden: „Es möchten sich von den vielen
Schönen zwölf der Allerschönsten am Rande
eines gewissen Haines einfinden, und wenn
dann er, der Florealis, daherkäme, wolle er sich
in Huld ihres Anblickes freuen; sie hingegen
sollten bezeugschaften, was er ihnen zu Lob
und Preis thue.‟
Als diese frohe Botschaft erging und in der
ganzen Landschaft bekannt wurde, erhob sich
begreiflich kein kleiner Streit. Denn welche

Schöne möchte nicht zu den Allerschönsten zählen, abgesehen vom gerechten Stolz der Mütter, den vielgesprächigen Vettern, auch manchen Bäschen mit ihren klugweisen Näschen, vor Allen aber den jungen Männern, die von einer oder der anderen Jungfrau entzückt waren. Kurzab, es ging da äußerst rührig zu, entstand zwischen Den und Jenen viel Streit, wo nicht gar Feindschaft, und nahm die ganze Sache kein Ende, bis schier die gesetzte Frist verstrichen war.

Da kam man gleichwohl zur Entscheidung, und es eilten die Auserkorenen an den Saum des Haines.

Als nun der Blumenkönig Florealis in Mitte seiner Getreuen, die Alle, gleich ihm, auf das Frischeste und Anmuthigste geziert waren, einhergezogen und zu den zwölf Jung= frauen kam, begrüßten sie ihn in ehrfurcht= voller Weise. Er hinwieder nickte ihnen auch ungemein freundlich, dabei sehr achtungsvoll, zu, fragte um ihre Namen, um woher und wer der Vater, wie das die Könige alle thun, auch fragte er die Eine und Andere, ob sie

etwa schon Braut sei — und wenn sie etwa, leicht
erröthend, nein sagte, prophezeite er ihr die
beste Zukunft. Im Ganzen, er erwies sich so
freundselig, herablassend und in aller Art so
theilnahmsvoll, daß sie sammt und sonders
von ihm bezaubert waren — zuletzt aber sagte er:
„Noch einmal wiederhol' ich es. Ich habe
schon viele Schöne gesehen, aber nie so Viele
zu gleicher Zeit. So will ich denn mein Wort
mit Vergnügen wahr machen und zwar so,
daß ich zwölf Blumen schaffe, jede schön, doch
ganz verschieden von der anderen — gerade, wie
Ihr selbst!"

Hierauf wandte er sich zur Ersten und
von ihr, der Reihe nach, zu den übrigen Eilf,
schilderte das Wesen einer Jeden so sicher und
schalkhaft, daß da gar kein Geheimniß blieb,
und Manche in keinen kleinen Schrecken ge=
rieth — dann pflückte er jedesmal eine Blume,
die auf seinen Wink entsproß, bot sie der
treffenden Jungfrau mit huldigen Worten und
zuletzt versprach er Allen insgemein: „Diese
Blumen seien nicht für sich und nur ein ein=
zigesmal da, sondern sie sollten fürderhin dort

und da und überall in den Gärten blühen und duften, und zwar zu ihrer, der zwölf Jungfrauen, Ehre."

So ließ er die Hyazinthen, die Nelken, die Aurikeln, die Levkojen und Kamelien und noch mehre andre entkeimen, bis die gesetzte Zahl erfüllt war. Dafür empfing er freubig=sten Dank — und dann wollte er von hinnen ziehen.

Da hielt er wieder ein, denn ihm war, als habe er ein leises Knistern vernommen.

Und als er sich wandte und seinen Blick durch das Gebüsch am Waldsaum warf, sah er noch eine dreizehnte Jungfrau, die da ohne Zweifel gelauscht hatte und sich nun möglichst leise entfernen wollte. Auch schien sie ihm äußerst anmuthig, viel anmuthiger, als alle die anderen Zwölf. Diese Anmuth, dieß Be=lauschen und daß er sie entdeckt habe, all das machte auf den Florealis einen so vortreff=lichen Eindruck, daß er rasch zum Gebüsch hintrat, die Zweige auseinander breitete, der Flüchtenden ein Halt ein! zurief, und zwar mit einem Klang der Stimme, der auch nicht ben leiſeſten Groll verrieth, vielmehr die froheſte Geneigtheit.

Aber ſeinem Mahnruf wurbe nicht Folge geleiſtet, unb bas reizte ben Florealis noch viel mehr. Alſo war er raſch beim Entſchluß, unb obgleich er ein König war, glaubte er ſich nichts zu vergeben, wenn er ber Jungfrau ſelbſt nacheile. Er mußte ſich boch Gehorſam verſchaffen. So über ein paar Augenblicke kehrte er mit ſeiner Beute zurück unb führte bie Jungfrau an ſeiner Hanb zu Allen heraus.

Da ſtanb ſie nun in allertiefſter Beklommen= heit, ber König Florealis aber ſagte zu ihr unb bazu brohte er ſanft mit bem Finger:

„Du Loſe, bu, wie kannſt bu wagen, uns zu belauſchen? Weißt bu wohl, baß ich bir nicht wenig zürne, unb welche große Gefahr bir baraus erwachſen kann?“

D'rauf ſah ihm bie Maib raſch zu Augen, ſenkte, milb lächelnb, bie Stirne wieber unb ſagte, ſchier flüſternb:

„Nein, nein. Ich habe bir zu Augen ge= ſchaut unb traue bir nichts Böſes zu, ob ich auch leiſe Schulb auf bem Herzen trüge. Aber ich trage auch die leiseste Schuld nicht. Ich wollte nur Zeugin deiner Wunder sein, sehen, wie du die Schönsten dieser Landschaft ehrst und mich ihres Glücks aus ganzer Seele freuen."

Und erwiederte der König Florealis: „Ich hab' auch dir zu Augen geschaut; da hab' ich nur Treue und Wahrheit erkannt und zweifle an deinen Worten nicht. Warst du etwa gar nicht bei der Wahl?"

D'rauf flüsterte die Jungfrau: „Ich? Ach nein, ich bin ja nicht schön."

„Doch, doch!" sagte der Florealis. „Du mußt nicht zweifeln, wenn ich es dir betheure, und was du verschuldet hast mit Bescheiden=heit, das muß ich sogleich gut machen. Zu den zwölf Blumen, die ich schuf, will ich noch eine dreizehnte erstehen lassen — sprich, an=muthige Jungfrau, von welcher Farbe soll sie sein, deine Blume?"

Da wurde die Maid von hoher Rührung ergriffen, daß sie, die an nichts gedacht, des Blumenkönigs Gunst einernten sollte, und sagte, indem sie ihre tiefblauen Augen flehend zu ihm richtete: „Laß Diesen ihren Ruhm — mich aber

laſſ' fort zu meinem lieb Mütterlein in die
ſtille Einſamkeit. Da iſt mir's von je am
Liebſten, und je minder die Welt von mir
weiß, um ſo viel wohler iſt mir's in meinem
Herzen — alſo ſteh' ab von deinem Entſchluß!"

Der Blumenkönig aber verneinte und behnte
ſeine Hand zum Segen über ſie aus.

Da kniete ſie vor ihn hin, neigte die
Stirne und ſah ſchweigſam und in Demuth
vor ſich nieder.

Und als ſie darniederſchaute auf den üppig
grünen Raſen und als ſie ſchaute und ſchaute —
da ſah ſie, wie's ihr entgegenkeime, ſproße und
wachſe — dort kam eine Blume hervor und hier
wieder und dann da, und dann mehre zugleich,
dicht einander zur Seite — alle von wunderbar
blau ſchönſter Farbe. Und eh kurze Zeit ver=
ſtrich, kniete ſie in Mitte einer ganzen Schaar
von Blumen. Das waren lauter lauter Veilchen,
in jedem war ein ſchimmernbes Thautröpfchen,
und ſüßeſter Duft entquoll dem Schooß der
zarten Blätter.

Da war ſie ganz entzückt und flüſterte:
„O wie lieb und hold ſind dieſe Blümlein!"

Und die zwölf Jungfrau'n um sie, sie knieten auch sämmtlich nieder und sagten: „O wie hold sind sie und wie lieb!"

Der Blumenkönig aber sagte zur Jungfrau in Mitte ihrer Veilchen:

„Wie die Farbe deiner Augen, so wurde die Farbe deiner Blume; wie bescheiden du bist, gerne einsam, so soll sie blühen in stiller Waldeshut — und wer immer sie da seh' und finde, er hab' seine stille Freude daran! Und daß du siehst, wie ich Demuth ehre und beine Anmuth anerkenne, also pflück' ich mir selbst eines all der holden, lieben Veilchen. Ja das küß' ich zu beinem Preis und Ruhm und trag es von hinnen mit mir — als meines Zaubers schönstes Werk!"

Freiheit in Fesseln.

Es war einmal ein edler Troubadour. Der pries der Jungfrauen und Frauen Schönheit überaus artig, froh und schalkhaft, und es waren alle seine Lieder hell und klar, wie der schönste, wolkenlose Maienhimmel. Deshalb ging sein Name weitaus, er aber sagte stets: „Ich will sie preisen und besingen, mich selbst wird Schönheit nie bezwingen! Was sind sie mir Anderes, als Blümlein an einer Quelle, rasch gesehen und rasch vergessen — o Freiheit, o Freiheit, du bist das Süßeste von Allem!"

Also zog er durch Thäler und Fluren und von Schloß zu Schloß und besiegte alle anderen Troubadoure, und zog er eines Ortes wieder fort, hielt er gar manches Mal ein, so nah', daß man seine Worte gar wohl ver=

nehmen konnte, griff zur Laute, sang noch ein schalkhaftes und übermüthiges Lied, und wo das zu Ende ging, hieß es immer so:

Nein, nein,
Ihr goldene Saiten mein,
Wär' ich nimmer frei,
Zög' ich zum Wald hinein!
Ja meine Laute,
O du traute,
Zum wilden Felsgestein
Zög' ich, in den Wald hinein!
Wie könntest du froh noch klingen,
Wie sollt' ich freudig noch singen,
Wär' ich nimmer, nimmer frei?!
O meine Laute,
Du süße, traute,
Ich schlüg' dich entzwei, entzwei!

Da kam er einst an eines Fürsten Hof und zu einem herrlichen Liederfeste.

Und mittlerweil sich da alle anderen Sänger am Anblick der Schönen labten, von Siegesverlangen entbrannten und ihre trefflichsten Lieder sangen, lenkte der Troubadour schier nicht einmal den Blick umher. Dann sang auch er drei Lieder, und für die warb ihm der

Sieg zuerkannt. Darauf trat er zu Der hin, welche den Dank zu ertheilen hatte, vor der kniete er nach alter Sitte nieder und blickte gar hellmuthig empor — denn ob sie auch für die Schönste von Allen galt, er fürchtete da keine Gefahr.

Aber diesmal war es anders.

Denn er konnte seinen Blick nicht mehr abwenden, was er niemals gefürchtet und geahnt hatte, das empfand er plötzlich in seiner Brust, all seine Kühnheit war wie versunken und verschwunden, und anstatt um den Dank zu bitten, ward der Troubadour ganz sprachlos.

So sah er ihr immer zu Augen, bis sie ihn endlich fragte: „Was ist Euch, mein theurer Troubadour?“

Da konnte er sich nimmer erwehren, vergaß Alles um sich her und sagte mit bebender Lippe:

„Ich hab' viel von Schönheit und Liebe gesungen und habe nie erkannt, was es um Beide sei! Nun aber hab' ich's auf das Tiefste erfahren. Wohlan so hört, was ich nimmer zu gestehen dachte — ich kann nimmer leben, ohne Euch mein zu nennen!"

Da entstand ein großes Geflüster.

Die Jungfrau aber legte ihm den Kranz auf die Scheitel und erwiederte mit holdem Spott:

„Wie? So weit kam es mit Euch, mein theurer, armer Troubadour? Hoch ehrt mich Euer Geständniß — aber denkt — ich bin nicht mehr frei!"

Dann hielt sie eine Weile ein und sagte:

„Und wäre ich aber noch frei und dürfte ich Eure Sehnsucht erfüllen, so sagte ich dennoch nein, obschon ich Euch von Herzen gewogen bin! Sagt selbst, mein edler Troubadour, soll um Meinerwillen Euer Liedermund verstummen? Wißt Ihr nicht mehr, was Ihr scheidend so oft gesungen habt?

Nein, nein,
Ihr goldene Saiten mein,
Wär' ich nimmer frei,
Zög' ich zum Wald hinein!
Ja meine Laute,
O du traute,
Zum wilden Felsgestein
Zög' ich, in den Wald hinein!

Wie könntest du froh noch klingen,
Wie sollt' ich freudig noch singen,
Wär' ich nimmer, nimmer frei?
O meine Laute,
Du süße, traute,
Ich schlüg' dich entzwei, entzwei!

Also seid fein getrost und denkt mir ja weiter an keinen Gram, mein Troubadour! Bin ja doch auch nur ein Blümlein an der Quelle — rasch gesehen und rasch vergessen. Also laßt mich sonder Klage zurück und zieht von dannen muthig, wie sonst — im Stolz und in der Wonne Eurer Freiheit!"

Da sagte der Troubadour:

„So grausam rächt sich das Schicksal an meinem Hochmuth, daß Ihr mich in die Freiheit bannt, die mir nun für Euch verhaßt geworden?! Sie ist ja doch gebunden und ist für immer gefesselt — mit meinem Lieb ist's zu Ende, ich zerschelle meine Laute!"

D'rauf nahm er den Kranz von seinen Scheiteln und erhob sich, entbot ihr und Allen stummen Gruß und zog von hinnen, gleich wie in einem düstren Traum.

Und er zog Tag um Tag, kam in weite Einöden und tief hinein in manchen Wald und zu manchem Felsgestein.

Doch so oft er seine Laute ergriff und sie schwang, um sie zu zerschellen — stets hauchte die Luft durch die Saiten, daß es wunderbar summte und tönte, gleich als seufzten und flehten sie: Nur noch ein einziges Lied!

Da hielt er dann ein und sang noch Eines — so erging es gar oft, und wann immer er da gesungen hatte, vermochte er nie, sein Wort zu lösen. Denn ihn bedünkte, es sei sein Lied doch noch schön, obgleich es nicht mehr wonnig licht war, wie ein wolkenloser Maien= himmel, sondern wie ein mild düstres Ge= wölke, b'raus der freudige Strahl der Sonne brechen möchte.

Und ob er sich täusche oder nicht, den Zweifel konnten ihm nur die Menschen braußen lösen, die früher seinen Gesang vernommen hatten.

Also faßte er zu einer Zeit Muth, verließ die Wälder und die Einsamkeit, schlug den Pfad ein in die blühende Landschaft, zog, wie

vorbem, durch die Thäler und die Fluren und
zog von Schloß zu Schloß, sprach: „Kennt Ihr
mich noch?" — und sang und erwartete jedes=
mal, daß man sage: „Laß ab, du Troubadour,
all dein Sang und Klang ist nichts mehr
werth, beines Liebes froher Zauber ist dahin!"

Aber das sagte Niemand zu ihm. Vielmehr
freuten sich Alle seiner Wiederkehr, waren wie
heilig entzückt von seinen neuen Weisen und
priesen ihn noch höher, als sie ihn voreinst
gepriesen hatten.

Das konnte er schier nicht fassen.

Aber es war bennoch so.

Denn der Ruf ungetrübter Freude ist wohl
schön — boch nur Wenigen wird sie zu Theil.

Verlust und Sehnsucht aber kennen gar
Viele — und wer da holde Kunde giebt, dem
banken unzählige Herzen!

Von fünf Ritterfräulein.

Es waren einst fünf Rittertöchter und die lebten bei ihren Vätern auf fünf Schlößern rings um einen schönen, großen See. Von Zeit zu Zeit aber bestiegen Ihrer viere, Jede für sich, den Kahn und fuhren fort und entlang, bis sie am Schloß der Fünften zusammentrafen.

Und so hielten sie es wechselweise.

Wann sie nun so alle Fünfe beisammen ruhten unter duftigen Lindenbäumen, waren sie ihres Lebens und guten Einvernehmens ganz froh, dachten, es könnte nie so kommen, daß sie sich für stets trennen müßten, und wann von dort oder da Kunde erging, es sei eines Ritters Tochter in Minnebanden, oder zum Altare getreten, so lächelten und schäckerten sie darüber.

In Kurzem, sie versahen sich keiner solchen
Bande und einst gaben sie sich sämmtlich und
ganz feierlich das Wort, frei zu bleiben. Sollte
aber die Eine von ihnen ihr Wort doch nicht
zu halten vermögen, so hab' sie es so lange als
möglich zu verschweigen, damit der Schmerz
der Trennung nicht vor der Zeit beginne; und
auch ihr selbst möcht' es zu Gute kommen,
denn an Vorwürfen und Spott sollte es auch
nicht fehlen.

Und sie hielten ihr gegebenes Wort fürwahr
recht lange.

Dann ward es aber ganz anders, als die
Ritterfräulein gedacht hatten. Und da sie einst
wieder und mehr zusammentrafen, lenkte bald
Die, bald Jene die Rede ganz sonderlich und
meinte: Dieß und Das füg' sich doch ganz
verschieden vom Entschluß der Menschen und
ihrer Herzen. Dann kamen sie auf ihr früheres
Versprechen zu reden, und zuletzt ward ersicht=
lich, daß nicht nur Eine, sondern Ihrer viere
in großer Herzensgefahr befindlich seien.

Weil da die Fünfte weder lauten Spott,
noch Vorwurf ergehen ließ, und die Viere sich

gegenseitig verſchonten, ſo dachten ſie, das frühere Wort ſei getilgt und aufgehoben, und bezeichneten die Grafen und Ritter, denen ſie geneigt ſeien, ſetzten aber zum Troſte bei:

So groß ſei die Gefahr noch keineswegs; denn die Grafen und die Ritter hätten noch nicht geworben; auch wiße der Vater noch nichts; ja vielleicht ſagten ſie doch ſelber n e i n, wenn es zum Entſcheid käme — und ſo noch Anbres und mehr, was zur Täuſchung Ihrer ſelbſt und der Freundinnen nützlich ſein ſollte.

Mittlerweile nun Ihrer viere von ſich ſo ſprachen, hörte die Jüngſte, die Fünfte, immer ſchweigſam zu, nur lächelte ſie manch= mal ſehr ſchalkhaft, als ſage ſie: „Ich kann's nicht begreifen."

Von den Anderen aber ſagte Manche zu ihr: „Was lächelſt du, Schalk? Wart' nur, dir kann's eben ſo ergehen, und dann trifft dich unſer Aller Spott, und mit Recht; denn wir ſind unſrer Schwäche geſtändig worden, du aber willſt in Hochmuth verharren!"

Da war einſt noch mehr Zeit entſchwun= den, und die fünf Jungfrau'n hatten ſich lange

nicht gesehen, denn sie waren mit den Vätern
da und dorthin gezogen.

Und als sie sich nun wieder trafen, dies=
mal im Burggärtlein der fünft' Jüngsten und
Schalkhaften, da war es mit dem Geschick jener
Viere noch wie vordem, und es war nichts
geschlichtet und beschieben.

Doch hegten sie Hoffnung für die Nähe
ihres Glückes und ergingen sich in sehnsüchti=
gem Träumen.

Und da sagte die Erste derselben von ihrem
Ritter:

„O wenn ich ihn doch schon Mein nennte!
Wißt Ihr wohl, was mir das Schönste wäre?
Ich ginge mit ihm hinaus im Morgengold,
wann die Vöglein zwitschern, singen und jauch=
zen, wann der Thau blitzt und die Blumen
verjüngt aufduften. O das sollte schön sein
und dem ganzen Tag zur heilig frohen Weihe
werden!"

Dann sagte die Zweite derselben:

„Wär' er schon Mein, den ich liebe, mir
gefiele das wohl, was du vom Morgen ge=
sprochen hast; doch etwas Anderes noch viel

mehr. Zu Mittags, wann die Sonne glüht und sprüht, da ging ich flüsternd und kosend mit ihm durch die schattigen Laubgänge seines Burggartens und durch die schützenden Ge= büsche hinaus in die Waldeskühle, wo weit= aus Ruhe ist und heilige Stille, kaum daß die Blätter lispeln und die Quellen flüsternd dahin rieseln!"

D'rauf sagte das dritte Fräulein:

„Was Ihr Beide träumt, ist schön, und wohl möcht' ich es. Wär' er aber Mein, dem ich ergeben bin, mir wäre der Abend das Schönste. Da· schritte ich hinaus mit meinem Gesponsen, wann der Himmel aufglüht in Purpur und in Gold, da wandelten wir ent= lang über die duftigen, grünen Matten, dran in der Weite die Berge blauen — und aus den Dörfern näher her das Geläute der Abendglocken — o da wär' es schön in der heiligen Abendfeier!"

Und nach der dritten sprach die vierte Jungfrau:

„Das Alles, was Ihr sagtet, ist schön, und das Alles möcht' ich wohl auch. Doch wär' er Mein, dem ich mein Herz zugewandt habe, etwas Anderes bedünkte mich noch viel schöner. Ich ginge hinaus mit ihm in die milde Nacht, wann die Millionen Sterne flickern und leuchten, wann der Mond auftaucht über dem See, wann Alles weitaus schlummert und sich in Träumen wiegt — ich aber schritte dahin in seliger Wahrheit mit ihm, vorüber an lichtglimmenden Gebüschen, an blumigen Geländen der Halden und am leise flüsternden, rothen Schilf der Seebucht, wo die Wasserrose zieht und nickt!"

Und als sie das Alles gesprochen, eine Weile recht feierlich geschwiegen und ihre Gedanken in die Zukunft versenkt hatten, sah die Vierte wieder auf, wandte sich zur Fünften und Jüngsten und sagte halbzürnend zu ihr: „Wie, was seh' ich? Du wagst es, über unsere süßen Träume zu spotten? Weh dir, wenn einst auch du bekennen mußt — und die Zeit wird ganz sicher eintreffen! Und wenn sie nun käme, die dein Hochmuth immer verläugnet, was möchtest denn du? Bleibt dir doch nichts mehr zu wünschen übrig!"

Da sagte die Jüngste, die Fünfte, die

Schalkhafte, die stets geschwiegen hatte — und mittlerweil sie noch nicht sprach, war all ihr Wesen schon in froher Erregtheit:

„So grausam und spöttisch seid Ihr vor der Zeit? Blieb' mir nicht der Wunsch nach all Dem zugleich, was Ihr gelobt und gepriesen habt?! Also möcht' ich mit ihm, den mein Herz erkor, dahingeh'n im Morgengold, und ich möchte mit ihm wandeln in der Abendfeier und in Waldeskühle bei sengendem Mittag und im seligen Frieden der Sternennacht." Dann hielt sie eine Weile ein und setzte darauf feierlich hinzu: „Aber das möchte ich nicht allein, all das vermag ich auch in kürzester Frist — denn eh' ein Mond entschwindet, ist er Mein, den ich liebe — und ich bin Sein! Nun gießt aus das volle Maaß eures Spottes, wenn Ihr's wagt — mein Herz erlag nur, wie die Eueren — doch im Schweigen," flüsterte sie, „hab' ich Euch besiegt!"

Da erhoben sich die Viere ganz bewegt und riefen:

„Du böse, du arglistige Maid!"

Und sie rißen Blumen ab, ganze Sträuße, und züchtigten sie, daß sie die Flucht ergriff.

Und dann warfen sie Alle die Sträuße hinweg, fielen ihr um den Hals und küßten sie rastlos in Freude, denn sie wünschten ihr alles Glück der Welt.

Aber zugleich quollen Thränen aus ihren Augen, und in den Jubel mischte sich Schmerz, denn nun erst erkannten sie Alle, wie schwer es sei — zu scheiden!

Liebesrache.

Es war einmal eine Fee, die liebte einen jugendherrlichen Ritter.

Aber er nahm ihr Herz nicht an, denn er liebte eines Grafen Töchterlein, und das war ihm zum Ehgesponse versprochen, wenn er sich im heiligen Land als christlicher Held erprobt hätte. Dahin machte er sich auf, und die einzige Hoffnung der Fee war diese, daß er wohl nie wiederkehre. Also gönnte sie ihm den Tod, nur daß ihn die Andre nicht gewinne. Ei wie böse — und sie war doch eine gute Fee.

Aber die Liebe, die versagte Liebe!

Weil ihr nun so viel an seinem Schicksal gelegen war, und ohnedieß eine Fee, wie Jeder weiß, Alles leicht inne wird, erfuhr sie auch alle Thaten des Ritters und alle seine großen Gefahren; aber auch, daß er jeder Zeit mit

Heil davonkomme, gleich als ob ihm beson=
derer Schutz des Himmels zu Theil werde.
Ueber Frist eines Jahres aber erfuhr sie
gar, daß er auf dem Heimweg, zuletzt, daß
er schon ganz in der Nähe sei und gerade auf
das Schloß des Grafen zureite. Was dann weiter folge, das wußte sie
nur zu gut.

Ueber all das war sie ganz verzweifelt,
und da sie wußte, des Grafen Töchterlein komme
um die Abendzeit schon immer vom Schloß in
das Thal herab, lasse sich an einem blumigen
Wegrain und Gebüsch nieder und schaue voll
Sehnsucht zum Pfad am Waldhügel ob ihr
Herzliebster etwa nahe, und sinne dann, wenn
er stets noch nicht komme, und sinne, bis sie
zuletzt einschlummere — so beschloß sie Rache an
der Jungfrau, weil ihr der Wunsch nach des
Ritters Untergang fehlgeschlagen war.

D'rauf nahm sie eine goldene Schale, in
die drückte sie den Saft gewißer, zauberischer
Kräuter und Beeren und bereitete daraus ein
arges Gemisch. Und dies Gemisch war so arg,
daß, wenn es ganz und gar auf die Scheitel

eines Menschen gegoffen wurde, welcher im
Schlummer lag, derselbe Menfch nimmer und
nimmermehr erwachte.

Und das wollte fie an der verhaßten Jung=
frau vollführen.

Als nun der Abend hinter den Bäumen
zu verglühen anhob, und die Fee ganz vor=
fichtig am Wegrain und dem Gebüfch an=
langte, daran Jene ihren Ritter erwartete,
fand fie die Jungfrau in Schlummer verfun=
ten, fah fie zum erftenmale recht in der Nähe
und ward über ihre ausnehmende Schönheit
fo erzürnt, daß fie ohne Zögern ihre goldene
Schale erhob und fie erbarmungslos auf das
Haupt der Schlummernden ausgießen wollte.

Aber mit einemmal hielt fie doch wieder ein.

Denn fo viel fie der Schönheit grollte, vor
der arglofen Unfchuld auf dem Antlitz der Maid
nahm ihr Groll ab, und je länger fie dar=
nieder fchaute, um fo weniger kam fie zu ihrem
böfen Werk.

Zuletzt befchloß fie gar, ihr Zaubergemifch
wegzugießen und die wonnige Zukunft zweier
Menfchen ungetrübt zu laffen.

Aber auch damit hielt sie wieder ein und flüsterte:

„Wie, ich soll mich gar nicht rächen? Hat sie mir nicht alles mein Glück und so lange Zeit meine Ruhe geraubt? Zwar weiß sie nichts davon, aber gleich viel — thu' ich ihr am Leben nichts zu Leib, soll sie doch im Traum ruhelos werden! Verzweiflung soll über sie kommen, bis sie sich jammernd aufrafft. Dann will ich ihr spottend in's Auge blicken, sagen: Das hat die verschmähte Fee gethan, und das magst du deinem Ritter verkünden — und dann geh' ich siegreich von bannen!"

Und rasch erhob sie ihre goldene Schale.

Doch goß sie dieselbe nicht gänzlich aus, sondern ließ nur ein Tröpfchen auf die Scheitel der Jungfrau fallen.

Kaum dies geschehen war, kam ein arger Traum über des Grafen Töchterlein, und ihr träumte:

Sie sei krank und schwach ganz über alle Maßen, so daß ihr kein Arzt mehr helfen könne, sondern nur der Anblick einer Zauber=blume, die auf einem einsamen Waldhügel

wachfe; aber den Walbhügel kennten nur Zwei
in der ganzen Welt, und die Blume felbft gar
nur ein Einziger — und wer der Eine fei, das
wiffe Niemand zu fagen.

Alfo fah fie im Traum, wie Viele um fie
die Hände rangen und hörte fie rufen und
klagen: „O wie Schad' ift's um ihr junges
Leben, nur fort, nur fort und holt ihr den
Pater Makarius" — und als fie fagte: „Wes=
halb denn?" riefen ihr alle Aerzte zu: „Weil
du fterben mußt, fterben! Denn an dir ift unfre
berühmte Kunft zu Ende, dir hilft kein Tränk=
lein mehr und keine Tinktur und kein Baden
und keine Aberläffe!"

Nein, war das ein fchrecklicher Traum,
und meinte die Fee, es müffe die Jungfrau
vor Jammer erwachen und fich aus dem Schlum=
mer aufraffen.

Aber fie täufchte fich.

Denn ob auch Niemand einen Ausweg
fah und Alle Verderben riefen, des Grafen
Töchterlein dachte in ihrem Traume doch fo:
„Kennt Einer den Walbhügel und kennt er auch
die Wunderblume, wer Anderer kann's fein,

als mein Ritter — ich laß' nicht ab vom Glau=
ben und Hoffen!"

Und also, wie sie dachte, so war's auch.
Denn sie sah im Traume urplötzlich, wie die
Thüre ihrer Krankenzelle sich aufthat, und ihr
Ritter eilig hereintrat, und er hielt die Wunder=
blume in erhobener Hand, und sie hörte ihn
im Traume ausrufen: „Du hast an mich ge=
glaubt und auf mich gehofft, dein Glauben
und Hoffen ist wahr geworden — o Herzliebste
mein, schau' auf und sei mit einemmal genesen!"

D'rauf war sie all ihrer Leiden frei und
ledig, und ihr war, als erstünde sie von ihrem
Lager, und sehe die Einen voll Verwunderung
und höre die Aerzte rufen: „Und wenn das
wahr ist, wir können's doch nicht glauben!"

Sie aber rief: „Es ist doch so," und sank
ihrem Ritter an die Brust und flüsterte: „Ich
hab's ja gewußt" — und über das Alles er=
wachte sie nicht — sondern lag im Traum an
ihres theuren Mannes Herzen und träumte
Glückseligkeit, statt daß sie verzweifelt auffuhr.

Da flüsterte die Fee hold unmuthig: „Ei

sehe doch), das Eine hat nichts gefruchtet; so
will ich's mit einem Zweiten versuchen!"

Und sie goß zwei Tröpfchen auf die Scheitel
der schlummernden Jungfrau.

Da träumte der Tochter des Grafen:

Ihres Vaters Burg sei verbrannt, er selbst
im Kampf gefallen und todt, sie aber sei flüchtig
und verarmt und hab' nichts am ganzen Leib,
denn ein dünnes, kurzes Röcklein. Und dann
war ihr im Traum, als müsse sie in den
Wald hinaus, um Wurzeln und Beeren zu
suchen, damit sie nicht Hunger sterbe. Und
wo sie hintrat und etwas sah, da war dann
mit einemmal wieder Nichts; und da schwankte
sie fort und fort und klomm hinauf auf einen
hohen Berg, auf dem sah sie ganze Streifen
Erdbeeren.

Aber wo nur immer sie hintrat, da wichen
die rothen Streifen und verschwanden die Erd=
beeren.

Und als sie hinaufkam auf des Berges
Spitze, war nichts zu sehen auf dem Boden,
als dürres Gras und Geröll und Felsengestein,
und nirgends war ein Quell und nur ein

Tröpfchen Wasser, ihre brennende Lippe zu netzen. Da sank sie voll Mattigkeit nieder — am Verschmachten war sie allernächst.

Aber das war wieder ein böser, arger Traum, schier noch zweimal ärger, als der von vorher — und die Fee meinte ganz gewiß, nun müsse des Grafen Töchterlein erwachen und sich verzweifelt emporraffen.

Aber ihr Hoffen war vergebens.

Denn die Jungfrau dachte im Traum: „Ich will und will nicht verderben — ist ja er noch in der Welt!" Und schaute im Traume rings in die Ferne.

Und wie sie da hinaus schaute, da sah sie von Weit her Etwas kommen.

Das kam immer näher an den Berg, und das war ihr Ritter mit seinen Freunden. Denen sprengte er um Vieles voran und sprengte den steilen Berg herauf über alle Felsen und alle Abgründe hinweg, und die Anderen thaten's ihm gleich. Und so kamen sie Alle heran, der Ritter aber schwang sich aus dem Bügel, trat hin und rief ihr zu: „Du sollst nicht arm und verlassen sein!" Und er umthat sie mit ben schönsten Gewändern und führte sie an einen Felsen, d'rauf sah sie die köstlichsten Speisen; dann that der Ritter einen Schlag mit dem Schwert, da brach aus dem Felsen ein silberheller Born, und an dem labte sie sich im Traume — und dann hob sie der Ritter auf sein Roß und schwang sich hinauf zu ihr und sprengte mit ihr fort, den Berg hinab und hinunter über Felsen und die Abgründe, und die Anderen hinter ihm desgleichen — sie aber lag an der Brust des Liebsten, sah herz= innig zu ihm und flüsterte: „Ich hab's ja ge= hofft und gewußt" — und so glückselig war sie in dem Traum, daß sie keineswegs erwachte und sich nicht aus dem Schlummer aufraffte.

Da war die Fee zum zweitenmal getäuscht und flüsterte recht unmuthig:

„Wie, auch diesmal nicht?! So will ich's zum drittenmal versuchen!"

Und sie ließ drei Tröpfchen auf die Scheitel der Jungfrau fallen.

Da träumte der Tochter des Grafen:

Sie sei von viel hundert Feinden geängstigt und verfolgt, da würde sie ereilt und er=

3 *

griffen und fortgeschleppt und in einen Kerker
geworfen. Und da käme Einer herein, ein lan=
ger, dürrer Ritter, mit langer Nase und einem
abscheulich großen, rothen Schwungbart, ja und
die Haare auf seinem Haupte waren auch brenn=
roth und ganz struppig, und ihr bedünkte,
wenn alle Häßlichen der ganzen Welt bei=
sammen wären, so wäre er sicher der Aller=
häßlichst' und Wildeste — und Der neigte sich
immer zu ihr herab, so kam's ihr im Traume
vor, und rief ihr rastlos zu: „Hörst du, was
ich sag'? Du mußt mich heirathen, heirathen
mußt du mich — und wenn du das nicht thust,
bleibst du ewig in dem Kerker herin!"

Nein, das war wieder ein erschrecklicher
Traum, gewiß schier noch dreimal ärger, als
die zwei von vorher.

Aber so viel Verderben und Pein auch der
Jungfrau drohte, ihre Seele hoffte dennoch
auf Hülfe, und die kam ihr im Traum auch
wirklich zu.

Denn als der rothhaarige, langhagere Gesell
mit seinem wilden Zausbart eben wieder rief:
„Du mußt, du mußt mich heirathen" — da sah

fie, wie die Thüre des Kerkers aufflog, wie ihr herzliebster Ritter mit hoch erhobenem Schwerte hereineilte, dem rothhaarigen Gesellen zubonnerte: „Was willst du —?" ihn mit einem Streich zu Boden schlug, fie aber befreite und mit ihr hinauseilte unter Gottes lichtblauen Himmel. Und als fie da aller Sorgen lebig und ganz frei war, da glaubte fie an des Herzliebsten Brust zu finken und zu flüstern: „Ich hab's gewußt, daß du mich nicht verließest, sondern kämst, um mich zu retten!"

Und da war fie im Traum so glückselig am Herzen ihres Ritters, daß fie wieder nicht erwachte — und das Spiel der Fee war zum britten Mal mißlungen.

Da flüsterte die Fee, aber diesmal schon recht arg erzürnt: „Wie? Soll meine ganze Macht zu Schanden gehen? Nun denn, ich weiß noch Eines — das frommt aber ganz gewiß!"

Und fie ließ ganze vier Tröpfchen auf die Scheitel der Grafentochter fallen.

Und da träumte ihr, der Jungfrau:

Sie sei am Augenlicht ganz schwach, an

allen ihren Gliedern ganz matt, an allen Sin=
nen ganz wirr und ganz schwank, und sie
stütze sich auf einen großen Dornstock, mit
dem sie mühselig hinholp're.

Dann meinte sie, an einen Steg zu kom=
men, über den sie um jeden Preis gehen müsse,
und sie war da voll Angst und Sorgen; denn
der Steg war schwank und schmal, und unter
ihm floß ein tiefes Wasser. Da trat sie voll
Zagen hin und kam nicht weiter, als bis zur
Hälfte, denn es überfiel sie ein arger Schwin=
del. D'rum hielt sie sich zitternd am Gelän=
der und da sie in den Bach hinunter schaute
— erkannte sie, weshalb sie so zittermatt und
schwach sei.

Denn sie sah ihr Bild im klaren Wasser,
und sah, daß sie ein eisgraues Mütterlein ge=
worden sei, die ganze Stirne voll Falten und
Fältlein, das Antlitz auch desgleichen, und ihr
Haupt sah sie vor Alterthum nicken und nicken.

Nein, das war aber schon ein ganz arger
Traum, wohl viermal schrecklicher, als alle drei
von vorher und als alle andren bösen Träume

in der ganzen Welt — und er wurde erst
noch viel ärger!

Denn der Jungfrau bedäuchte alsbald: Sie
höre unweit klirrende Schritte, und da sie
nickend hinschaue, säh' sie ihren Ritter des
Weges kommen; Der wollte geraden Wegs über
den Steg und kam heran und rief ihr zu:

„Weg da, nur weg, du altes Mütterlein!
Hörst du nicht? Weg da, ich muß zu meiner
süß Liebsten!"

Und als sie im Traum lallte: „Ich bin's
ja, kennst du mich denn gar nimmer —?"
da hörte sie ihn voll Spott ausrufen:

„Wie, du ur=uraltes Weiblein mit eis=
grauem Haupt und beinen tausend Falten und
Fältlein? Fahr' wohl, das kann ich nicht glau=
ben. Nur hinweg — mein süß Lieb, das ist
ganz anders!"

Dann drängte sie ihr Ritter bei Seite, so
daß sie schier in den klaren Bach hinabstürzte
und sich mit Noth am Geländer erhielt, schritt
flüchtig über den Steg und eilte seines Pfades
fort und verschwand.

Ueber sie aber kam Jammer und Seelen=

qual und unſägliche Verzweiflung, ſo daß ſie
in ihrem Traume aufrief:

„Weh mir, verloren, verloren, ich bin —
ein altes Mütterlein worden!!“

Und als ſie die letzten Worte rief, ſo rief
ſie dieſelben ſchon nicht mehr im Traum, ſon=
dern mittlerweil ſie ſich aus ihrem Schlummer
aufraffte — — — — — — und als ſie auf=
ſchaute, ſah ſie Jene vor ſich ſtehen, der ihr
grauſames Werk nun dennoch gelungen war!

Und Die blickte ſie ſiegreich an und ſagte
mit erkennbarer Schadenfreude:

„Biſt du nun recht verzweifelt? Fürwahr
das iſt meine Luſt! Ha weißt du, wenn du
vor dir haſt? Ich bin eine mächtige Fee, und
du haſt mir den Ritter geraubt, den ich über
Alles liebte! Wie konnteſt du Solches wagen,
da du ſelbſt nichts biſt, als ein ſterbliches
Weſen und eines armſeligen Grafen Tochter!
Ha, du Frevlerin, du, nun hab' ich mich an
dir gerächt, und nimmer ſollſt du ihn Dein
nennen — ja — ob er auch ſchon ganz nahe
bei uns iſt! Verzaubert hab' ich dich, ja ver=
zaubert!! Ein altes Mütterlein biſt du ge=

worden! Ha ha, wie du zitterst und bebst, und wie dein Köpflein vor Schwäche nickt und wackelt! Und die tausend Fältlein auf Stirne und Antlitz! Ha du Kühne, du ganz Verwegene, neunzig Jahre bist du alt geworden! Längst hab' ich dir's zugedacht und mein Zauber ist mir wohl gelungen! Hörst du den Klang der Hörner herüber dort vom Waldpfad und das Klirren der Waffen und das laute Jauchzen? Da kömmt er daher, dein Ritter — aber er wird dich nimmer erkennen!!"

Und als die Fee das Alles sagte, ward des Grafen Töchterlein stets mehr verzweifelt und lallte:

„Neunzig Jahre, ganze neunzig Jahre?! Ich kann's nicht glauben, bis er mir's selber sagt, als wie im Traum, im unseligen Traum!"

Und sie eilte auf den Ritter zu, und er rief ihr von Weitem entgegen:

„Glück auf, dort bist du! Sei gegrüßt und geküßt, du mein süßes, herztheures Lieb!"

Und er kam heran und schwang sich vom

Roß und umfing des Grafen Tochter und drückte
sie an sein Herz.

Und als sie voll Wonne fragte: „Also
kennst du mich doch noch, und ich bin jung und
glaubst nicht, daß ich neunzig Jahre zähl' —?"
da rief er: „O wie kannst du so sprechen!"

Ach da war sie aber schon ganz unsäglich
glückselig, sank ihm auf's Neue an's Herz
und flüsterte:

„Dem Himmel sei Dank — weil nur das
nicht wahr ist — o die arge Fee, die grau=
same!"

Dazu deutete sie zum Wegrain hin und
zum Gebüsch.

Und als der Ritter und die Anderen hin=
schauten, sahen sie Alle die Fee drübenstehen,
wie sie siegreich lächelte und mit dem Finger
drohte.

Dann erhob sie die Rechte, als ob sie einen
Zauber beföhle, und dann nahm sie flüchtig
Blätter vom Gebüsch und pflückte dort und
da Blumen vom Rain, roth, weiß, gelbe und
blaue, und b'raus wob sie zauberschnell einen
Kranz — und den warf sie in die Luft und her=

über, als wolle sie Alle necken. Darüber zürnte der Ritter, der sie gar wohl erkannte und eilte mit all den Seinen auf sie zu.

Da war sie mit einemmal verschwunden.

Und als der Ritter und seine Freunde zür= nend einhielten, sich wandten und wieder auf des Grafen Töchterlein zuschritten, da ward ihr Zürnen mit einemmal zum freudigsten Ver= wundern!

Denn erst war die Jungfrau ganz schlicht ge= kleidet — nun aber war sie angethan mit Sammt und seidenen Gewändern; die waren besäet mit Gold und vielen hundert Perlen; und um die Stirne der Jungfrau wand sich derselbe Kranz, den die Fee in die Lüfte und herübergeworfen hatte, aber es waren nicht mehr Blumen und Blätter, wie vordem — sondern die blauen waren geworden zu Saphiren, und die rothen waren Rubine, und die gelben, die waren Topase, und die grünen Blätter waren nichts, als Sma= ragde — und durch den ganzen Kranz schlang sich ein hellgülbenes Band, und auf dem stand mit blitzenden Demanten geschrieben:

44

Dein Traum war arg und ſchaurig,
Doch erwachend nahte dein Glück;
Mein Traum war ſchön, ich erwachte,
Und Gram blieb mir zurück.

So will ich denn nimmer träumen,
Dein Glück ſei wahr und ächt,
Ich hab', weil du gar ſo ſchön biſt —
Mich nur — ein wenig gerächt!

Die trauernde Jungfrau.

Ich weiß nicht wann, und weiß nimmer, in welchem Lande, aber es war einmal eine Jungfrau, und der starb ihre treueste Freundin — im schönsten Lenz des Daseins, im blüthen= reichsten Maien der Welt, da sich Alles des Lebens freut.

Da schritt dieselbe Jungfrau oftmals kum= merbleich auf den düstersten Pfaden ihres Gar= tens einher; denn ob auch die Sonne draußen in Pracht und Herrlichkeit darniedersank, ob die Bäume im Abendstrahl sprühten, und ob die Blumen balsamischen Duft in die Lüfte gößen, sie empfand dennoch keine Freude; ihr ganzer Sinn war umnachtet.

Da trat ihr aus dem Gebüsch eine Ge= stalt entgegen. Die sah irdisch und zugleich über= irdisch, und die engeljungfräuliche Gestalt sagte: „Du armes Kind dieser Welt! Nun bist du sonder Freundin, und alle Freude hat dich ver= lassen. Nimm mich zur Freundin an, da Jene nicht mehr lebt, dann will ich zu dir kommen

unb mit bir klagen auf ben einfamſten Wegen.
Denn wiſſe, ich bin die Fee ber Trauer unb
bes Schmerzes.''

Da ſagte bie Jungfrau: „O ſei mir will=
kommen!'' Unb ſchritt an ihrer Seite bahin,
ſprach von ihrer Freunbin, unb wenn ihr bie
Thränen nieberfloßen, war's, als flößen ſie ber
Fee auch barnieber, unb wenn Jene tief auf=
ſeufzte, ſo ſeufzte bie Fee besgleichen unb ſagte:
„Ja, bu biſt unglücklich, wer vermöchte, bich
zu tröſten!''

So war es biesmal unb alſo war es öfter.

Um Vieles ſpäter ſagte aber bie Fee: „Laß
uns nicht ſo büſt're Pfabe wanbeln unb von
minber Traurigem ſprechen.'' Unb als ſie um
Dies unb um Jenes fragte, ba berichtete bie
Jungfrau wehmüthig, wie ihre Freunbin unb
ſie auch in bem lichtburchbrochenen Laubgang
gewanbelt ſeien. Da hätten ſie von gar Man=
chem unb von ber Zukunft geſprochen, in ber
ſie, unweit von einanber, einem trauten Ge=
mahle folgten — unb nun ſei bas Alles für
nichts. Doch ihre Freunbin ſei bafür im Him=
mel — was ſei bagegen alles Glück bieſer Welt,

unb ob fie jetzt auch allein fei, ihre Freunbin
fäh' boch wohl manchesmal auf fie barnieber;
bas fei ihr Troft unb habe ihren Schmerz ge=
linbert.

So fprach bie Jungfrau in Rührung. Dann
hielt fie mit einemmal ein unb fügte bei:
„Aber ift es bir benn genehm, baß mein
Kummer fich verminbert? Bift bu boch bie
Fee ber Trauer unb bes Schmerzes!"

D'rauf entgegnete Jene: „Hab kein Ban=
gen. Sprichft bu nicht mehr von Schmerz unb
Kummer, fo fprech' ich fo viel minber bavon.
Denn wiffe, ich täufchte bich. Ich bin nicht
bie Fee ber Trauer unb bes Schmerzes, fon=
bern bin bie Fee ber füßen, halblächelnben
Wehmuth."

Da fagte bie Jungfrau: „So · fcheibe bu
nie gänzlich von mir!"

Unb es fagte Jene hinwiber: „Doch werb'
ich nun feltener komnten."

Unb von ba an kam bas wunberfame Wefen
minber oft, aber gänzlich blieb es nie hinweg;
nicht im Sommer unb nicht im Herbft — unb
im Winter, wann bie Jungfrau einfam int

Gemach lehnte und sinnend die Spindel führte, trat die Fee auch manchmal herein, kos'te freundlich mit ihr und verschwand, ungesehen, wie ungesehen sie gekommen war.

Und so ging es fürber und fürber, bis es wieder einmal Lenz ward, und dann kam der Sommer heran. Recht herztraulich sprachen sie manchmal, und der Jungfrau Wangen rötheten sich wieder.

Da war einst ein wunderschöner Morgen.

An dem kamen sie früh zusammen, und es sagte die Fee zur Jungfrau: „O wie wonnig ist es heute, nicht wahr? Komm', laß uns einmal hinaus in's Freie in Morgengold und Duft, dorthin zu jenen Matten und Gebüschen—" und sagte weiters, als ihr die Jungfrau folgte: „Daher seid Ihr oft gekommen und hattet manches lose Spiel. Denk' nur, ich hab' Euch selbst belauscht, siehst du von dort, von jenem Hügel! Ja so war's, weißt du noch, wie du strittest? Du schelmisches Kind — ei erzähl' mir doch von andren Malen!"

Da erzählte die Jungfrau von da und dort, wie sie spielten, tändelten und stritten, wie sie sich wieder versöhnten und sich zuletzt einander

verlachten — und mittlerweil sie von dem und
noch andrem Bericht gab, umfloß ihr schönes
Antlitz Heiterkeit, und ihre Augen strahlten
in neuem Glanze.

Dann hielt sie mit einemmal ein und sagte:
„Aber was ist es mit mir geworden?
Zürnst du mir nicht, daß ich schier fröhlich bin?
Du bist ja die Fee der Wehmuth!“

D'rauf sagte die wunderbare Gestalt: „Bist
du froh, so bin ich es auch. Denn wisse, ich
hab' dich zum zweitenmal getäuscht. Ich bin
nicht die Fee der Trauer und des Schmerzes
und bin auch nicht die Fee der Wehmuth.“

„Und wer bist du denn?“ flehte die Jung=
frau. „Unsäglich milde Heiterkeit fließt auf dein
Antlitz, sich vergeistigen seh' ich dein Wesen —
eh' du dich auflösest in Licht, laß mich wissen,
wer du warst und bist — bist du die Fee des
Lebensmuthes und der Freude?“

Und in froh heiligem Schauer kniete sie
nieder und sah, wie anbetend, zu Jener auf, die
herzliebreich auf sie darniederschaute, ihr glanz=
umströmtes Haupt verneinend wiegte und dann
mit himmlischem Klang der Stimme sagte:

„Nein, auch Die bin ich nicht! Die Ge=
staltlose bin ich, die dennoch wirkt in Millionen
Gestalten — das Werkzeug der Vorsehung bin
ich, das weinend verletzen muß und dafür so
gerne Balsam in die Wunden träufelt. So hab'
ich auch dich gekränkt wider Willen, denn ich
raubte dir deine Freundin — aber ich habe dich
wieder getröstet und dich dir selber wieder ge=
geben. Leb' wohl und glücklich hienieden, bis
ich nach vielen Jahren bir wieder nahe und
auch dir die schöne Seele von der Lippe küße.
Kennst du mich nun? Ich bin der Odemzug der
Ewigkeit — — der Genius der Zeit.“

Und als sie das Wort gesprochen hatte,
war sie in Licht aufgelöst und nimmer zu sehen.

Denn wenn die Zeit sich kundgiebt, so ist
sie schon wieder entschwunden.

Aechte Liebe.

Es ist schon fürlange, und in welschen
Landen war es.

Da ist eine herrliche Gegend, b'rin liegt
ein spiegelklarer See, aus dem See taucht
eine Insel auf, und auf der Insel ist ein Hügel;
der Hügel aber war von den schönsten Pflan=
zen umwuchert, und die prächtigsten Blumen
gab es da in Fülle.

Durch die führten drei silberhelle Pfade
empor, und zu höchst oben waren vier mächtige
Bäume mit einem Ruhesitz. Diesen umwoben
Rosen, Feuernelken, Jasmin und blauer Hol=
lunder, alle diese und viele andere Blumen
dufteten und blühten zu gleicher Zeit, und
neben ihnen und zwischen ihnen waren viele
Büsche und Sträuche mit den schönsten roth,
gelb und tiefblauen Beeren. Zu Haupten des

4*

Ruhesitzes aber, im dunklen Gelaub der vier Bäume, da schwebten viel hunderte Citronen und Apfelsinen, und im Gezweige hin und wieder flatterten die anmuthigsten Vöglein, die sangen und zwitscherten mit silberhellen Stimmen. Da war es gut weilen und träumen an diesem Ort, oder hinausschauen entlang den Spiegeln des Sees, an dessen Gestabe in Mitte üppigster Gefilde auf mächtigen Felsen sich ein Schloß erhob — und über die Felsen und das Schloß weg sah man wieder weiter zu fernen Wäldern und Auen, bis zuletzt in die duftig blauen Berge mit ihren röthlichten Hängen und Matten.

Wie nun das Alles so war, gehörte die Landschaft und der See, die Insel und das Schloß einer edelfürstlichen Jungfrau, und die schritt mehr und oft auf einem der drei Pfade hinan, ließ sich auf dem Ruhesitz nieder und sann lange nach — welchem von drei Fürsten sie ihre Hand gewähren sollte.

Je mehr und öfter sie da sann und erwog, um so viel minder wich das Bild des Einen aus ihrer Seele; doch erkannte sie auch der zwei Anderen Verdienst — und sie kam zu keinem Entschluß.

So währte das länger und stets länger, und die drei Fürsten verloren schier alle Hoffnung auf Entscheid, bis sie mit einemmal auf dieselbe Insel und zur Jungfrau entboten wurden; und als Diese, von schneeweißem Gewande umwallt, auf dem Ruhesitz lehnte und hinausschaute, sah sie in kurzer Frist drei Kähne über den See gleiten, in jedem der Kähne stand ein Bewerber, Jedweder im Kriegsschmuck, und von eines Jeden Helm wehte ein schöner Reiherbusch von verschiedener Farbe, roth, grün, oder weiß.

So kamen die Fürsten von drei Seiten daher und an das Ufer der Insel, schritten die drei Pfade hinan, traten unweit vor die zauberhaft holde Prinzessin und beugten sich vor ihr.

Sie aber entbot ihnen huldvollen Gruß und sprach dann:

„Ihr edle Fürsten! Wollte ich länger zögern, möchte ich Euch kränken, wenn Ihr mich nicht gar zu großen Hochmuthes anklagte. So will ich denn sprechen und meinen Entscheid

geben, je nachdem Ihr auf Das antwortet, um
was ich Euch frage. Doch muß ich noch Eines
beifügen; und es wird mir fürwahr nicht leicht!
Nehmt an: Ich sei Einem unter Euch ergeben,
und doch legte mir andere Pflicht unwillkommene
Fesseln an; und wieder anders — ich wäre einem
Andern, als Einem von Euch, nah oder ferne
ergeben, den ich aber nie erringen könnte — und
da müßte ich mich erst noch trösten." D'rauf
hielt sie eine Weile ein und setzte dann hinzu:
„Nicht wahr, ich war Euch längst unergründ=
lich, und nun habt Ihr ein neues Räthsel!
Wie dem nun sei, was ich sagte, oder auch
nicht sei — gebt mir Bescheid auf diese meine
Frage: Was wollte Jeder von Euch für mich
vollführen, oder wie lange wollte er mir noch
Zeit vergönnen?"

D'rauf schwieg sie und sah mit schier sen=
genden Blicken zum ersten fürstlichen Werber,
und es war, als ob ihr lächelnder Rosenmund
flüstern möchte: „Könnt Ihr zweifeln, daß ich
Euch liebe?!"

Da trat der erste Fürst bis nächst vor sie
hin — eine goldene Rüstung hatte er an und

ein purpurner Reigerbuſch prangte auf ſeinem
Helm — und ſprach mit allem Muth:

„Ich bedarf keines weiteren Zeichens Eurer
Huld, denn Euer Auge hat Euch verrathen!
Alſo denn! Ich bin bereit, von hinnen zu
ziehen auf zweier Jahre Friſt. Da will ich
durch alle Lande ziehn, Eure Farbe, das reinſte
Weiß, auf meinem Helm und am Panzer. Da
komm' ich zu Städten und Burgen, zu Ritter=
tanz und Turnei und will aller Orte Eurer
Schönheit Preis und Ruhm verkünden. Da
möge mir Keiner widerſprechen, denn ich ſodere
und bezwinge ihn ſpottend im Zweikampf, reiße
ihm das Zeichen ſeiner Schönen vom Helm
und bring' es Euch am Ende meiner Jahrten!‟

So ſprach der Erſte und ſtützte ſich auf
ſein Schwert.

D'rauf winkte die Fürſtin dem zweiten
Fürſten.

Der trug eine ſilberne Rüſtung und ein
grüner Reiherbuſch prangte auf ſeinem Helm.

Demſelben Zweiten ſah die Prinzeſſin raſch
zu Augen und dann ſenkte ſie die Wimper.

Aber ihm, den ſie angeblickt hatte, war

es, als habe sie in die Tiefe seiner Seele das Geheimniß der Liebe gelegt.

Und er trat um drei Schritte näher und sprach in Ehrerbietung:

„Dürft' ich zu meinem Glück ausbeuten, was ich Eurem Blick entnahm, wie sollt' ich nicht Alles für Euch wagen? Denn je sicherer meine Seligkeit, so viel leichter trüg ich die Zeit der langen Prüfung! Also ich will fort und von hinnen dreier Jahre Frist, Euren Preis will ich verkünden, für Euch kämpfen will ich und siegen, und nicht der Besiegten Zeichen will ich Euch bringen, vielmehr den edelsten Widerpart selbst. Den führ' ich gefesselt vor Euch, daß er Euch selbst die Farbe seiner Schönen zu Füßen lege!

Wäre aber ein Anderer in der Welt, dem Ihr nach des Vaters Willen folgen sollt, so sagt und nennt mir ihn. Dann zieh' ich zu ihm und fodr'e ihn auf, Euch alles Zwanges ledig zu lassen, und will er sein Recht nicht verlieren, das Euch das Leben verbittert, so fälle ich ihn im Zweikampf und lege sein Schwert hier vor Euch nieder!"

So sprach der zweite Fürst und drohend
schlug er auf seine Wehre.

D'rauf winkte die Prinzessin dem dritten
Fürsten, dessen Rüstung von Stahl war, und
ein weißer Reiherbusch war auf seinem Helm.

Und denselben Dritten blickte sie gar nicht
an und wandte sich zur Hälfte ab, als sei ihr
ein Wort von ihm gleichgültig, ja zuwider.

Er aber trat um keinen Schritt näher und
sprach), sich gleichfalls stolz abwendend:

„Ihr haltet mich keines Blickes werth?
Das könnt' ich wahrlich schlimm deuten, wenn
ich nicht selbst Liebe zu Euch im Herzen trüge,
unergründlich tiefe Liebe — und wende mich
dennoch stolz von Euch ab. Also hört, was ich
nach Eurer Worte Räthselsinn für Euch thue!

Wer seine Auserkorene höher berühmt, als
ich Euch, den bestrafe ich, wie diese Beiden
hier versprochen haben; ja das will ich — und
fürder, seid Ihr von unheilvoller Pflicht gefesselt,
will ich Euch befreien aus Eueren Banden!

Wär's aber ganz anders, Fürstin, und liebtet
Ihr Keinen von uns, sondern einen ganz An=
deren, in Nähe oder Ferne, und Ihr könntet

ihn nicht gewinnen — so zieh ich von dannen
und will kämpfen und ringen, bis er Euch zu
Eigen wird! Und wäre er am Ende der Welt,
ich will ihn finden — und läge er verborgen und
in Ketten, ich will ihn befreien und in Eure
Arme führen. Also füg' es der Himmel. Denn
an Muth und Willen soll es nicht gebrechen;
und wär's dennoch anders beschieden und ging
ich im Kampf zu Grunde, Euer Name wär'
mein letzter Hauch, das schwör' ich Euch bei
meinem geweihten Schwert!" Das riß er aus
der Scheide. — „Und ob Jahre und Jahre
verflößen, bis ich die That vollbrächte, oder
meinen Untergang erreichte, ob ich stürbe, oder
Euch nahte, umschlingend den glücklichsten Mann
dieser Welt — all das will ich ertragen und er=
dulden, und nimmer will ich ermüden. Er ver=
dient ja das Opfer Meiner selbst, weil Ihr ihn
liebt; Euer Glück ist mir die süßeste Pflicht!"
Dann hielt er ein Weniges ein und sagte:
„Ist's aber nicht so, und keinem Andern seid
Ihr ergeben in Nähe oder in Ferne, sondern
mir — so zögert nicht und sprecht es freudig
aus! Denn darf ich Euch nicht Mein nennen,

nun so will ich's all mein Leben mit Mannesmuth ertragen. Doch soll ich glücklich sein, so hab' ich keine Geduld, Euch fürhin länger zu entsagen — und wehe Dem, der mir entgegenträte!"

Und mit kühnem Blick sah er zur Fürstin, und das funkelnde Schwert zuckte in seiner Rechten.

Da sah er, wie der Prinzessin Wangen erglommen, wie sie mählig ihr himmlisch holdes Antlitz zu ihm wandte, und ihre Blicke heilig freudig auf ihm ruhen ließ.

Und sie sagte:

„O edler Fürst, Ihr habt meines Herzens Geheimniß errathen! Weil Ihr so edel wär't, für einen Andren zu kämpfen, und zu sterben, wenn nur ich glücklich würde — also bin ich von Euch geehrt und geliebt, wie ich geliebt sein will. Also wißt denn, daß ich Euch liebe, wie einer Frauen Herz mehr nimmer vermöchte, und wie Ihr für mich entsagend in den Tod ginget — will auch ich für Euch leben und sterben!"

List in Ehren.

Es war einmal ein Ritter, der hatte nie
Rast und Weile; b'rum litt es ihn nie lange
daheim, sondern trieb ihn dort und dahin, zu
Turnier und zu Bankett, und am Anblick
schöner Jungfrau'n und Frauen konnt' er sich
nicht satt genießen.

Da fand er einstmals eine edle Maid, über
die er alles Andre vergaß. Um die warb er
sonder Zögern, führte sie bald als Gesponse
auf seine Burg, und nun gefiel's ihm daheim
gar wohl.

Mit der Zeit aber kam die frühere Hast.

Da zog er manchesmal wieder von hinnen,
ob ihn auch Pflicht und Dienst nicht riefen;
und da ward ihm nie der leiseste Vorwurf,
sondern schied er, sprach sein Lieb freundselig:
„Leb wohl, du theurer Mann!" und kehrte er

wieder zurück: „Willkommen tausendfach, o Herz mein!"

Daraus erwuchs ihm ganz guter Muth, stets öfter zog er fort und stets blieb er längere Frist von der Burg — und da wurde ihm wieder kein Vorwurf. Ja einmal hieß es gar: „Ei wie bald bist du zurückgekehrt!

Das befremdete ihn, und er dachte: „Ist's doch schier, als könne sie mich leicht missen; das mag wohl tieferen Grund. haben!"

Da blieb er ganz lange Zeit auf der Burg, bis ihn einst sein Gesponse schelmisch fragte:

„Wann wirst du wohl wieder fortziehen? Mich dünkt, du solltest dich zerstreuen" — und ein andresmal hieß es gar: „Aber du sollst fort, und ich will es."

Und je mehr sein Lieb mahnte und ihn brängte, um so viel weniger wich er von da=heim.

Da sann und sann er über Alles und lugte aller Orte und aller Stunden zu Tag und zu Nacht, ob er denn nichts und gar nichts entdeckte, weshalb er da stets von der Burg sollte — denn ihn quälte die Eifersucht.

Da konnt' er nicht das Mindeste entdecken, so lange er auch sann und forschte. Also floß Zeit um Zeit dahin, und obschon er öfters dachte: „Es hat sich zwar nichts gezeigt, aber ein Grund war dennoch vorhanden!" so beschloß er gleichwohl zu schweigen.

Bis dereinst an einem schönen Abend.

Da lehnten sie selb Zweit im Burggarten und sahen frohen Blickes auf ihre Kinder, die auf dem grünen Rasen mit Blumen spielten.

Da brach der Ritter sein Schweigen und sprach:

„Meine Traute! Mir ist selig an deiner Seite, und doch quält mich seit vielen Jahren ein Zweifel. O sprich, und was immer es sei, es ist dir schon längst verziehen. Denn fremde Versuchung ist keine Sünde Unserer selbst, und Schuld trägst du keine im Herzen."

Da neigte sie ihr Haupt und flüsterte:

„Wie großmüthig bist du doch — was willst du, daß ich dir bekenne?"

Und er sagte:

„Bekenn' mir! Weßhalb drängtest du dazumal so fast, daß ich von der Burg und in

die Weite zöge? Nicht wahr, da war dir
fremde List genaht — mein Trotz aber hat
dich von bösen Schritten bewahrt?"

Da richtete sie das Haupt empor, nahm
den Ritter an beiden Händen, sah ihn an in
der Seligkeit allerinnerster Liebe und sagte:

„O du theurer Mann! Du sprichst von
Gefahr für mich, wo es nur der für dich selber
galt? O glaub', es war Alles nur fromme
List! Hätt' ich dich streng zu mir gebannt,
wärst du wohl öfter und öfter von dannen
gezogen, und wer weiß, ob du mir treu ge=
blieben wärst. Ich aber drängte dich zur Frei=
heit — da wurde sie dir zur Last — und bist
erst gänzlich mein Eigen geworden!"

Maiglöcklein.

In deutschen Landen war's und im schön=
sten Lenz.

Da zog ein recht schelmisch blickender Minne=
sänger dahin auf blumenumranktem Pfad, und
wie er fürder und fürder zog, sah er eine
Burg vor sich liegen, die im milden Roth von
schattig blauem Felsgestein emporragte; die
Zinnen und die Fenster glühten und schimmer=
ten; den ganzen Burggarten herab und ent=
lang standen alle Bäume und Gebüsche in
reichster Blüthe — es war ein schöner Anblick.

Doch ein anderer war noch viel schöner,
so daß der Minnesänger mit seinem Wandern
einhielt und voll freudigen Staunens hinblickte.
Denn zur Seite eines jungen Ritters kam
lustwandelnd eine unsäglich anmuthige Maid
vom lichten Haine zurück; von schneeweißem

Gewanbe war fie fanft umwallt, in ber Rechten
trug fie einen Strauß zarter Maiglöcklein, auf
bie faß fie, langfam einherfchreitenb, mit zauber=
hafter Freunblichkeit, unb bem Ritter gefielen
fie fichtlich auch gar wohl. Dann ließen fich
Beibe auf einem moofigen Felsgeftein nieber,
bie Maib nahm bie Maiglöcklein alle in ihren
Schooß, unb im Kofen über biefelben währte
es noch eine Weile, bis ber Ritter bes Minne=
fängers anfichtig warb, ber unverwanbt her=
überfchaute. Die Maib aber faß ihn nun auch
mit rafchem Blick unb flüfterte, fchelmifch
lächelnb, ein paar Worte.

D'rauf nickte ihr ber Ritter zu, ftützte fich
auf fein Schwert unb winkte mit ber Rechten.

Unb ba nun Jener nahte unb mit ziemen=
bem Gruß vor fie Beibe trat, ba fagte ber
Ritter zu ihm:

„Ihr feib ein Minnefänger, b'rum will ich
Euch ben kühnen Blick vergeben; boch meiner
Trauten wegen geht ihr nicht fonber Strafe
aus. Habt Ihr Euch erfreut an ihrem An=
blick, fo erfreut fie hinwieber mit Eurem Sang,
unb ift es fchön unb wahr, was Ihr verkün=

bet, soll sie Euch zum Dank ein paar Maiglöcklein geben. Wovon willst du Kunde, meine Traute, sprich! Von Schlachten und Abenteuern, oder vom Schmerz der Liebe — was du willst, er muß gehorchen!"

D'rauf setzte die Maid den Zeigefinger an den rothen Mund, sah einen Augenblick zum Minnesänger und sagte:

„Wozu von Schlacht und Abenteuer in unserem Frieden? Wozu vom Schmerz, da wir so glücklich sind? Kennst du den Spruch:

> Für Minnesang
> Steht jedes Herz in Schuld,
> Des Sängers frommste Weise,
> Die frommste,
> Verdient die beste Huld!

So möcht' ich wohl eine recht fromme Kunde. Doch Der sieht so schelmisch kühn — wird es ihm selbst auch wahr sein, was er verkündet?"

D'rauf sagte der Minnesänger: „Ich will Euch Kunde geben, schlicht, hold und rein, wie ein Strauß Maienglöcklein — und an meiner Frommheit sollt Ihr nicht zweifeln, ob ich auch so fromm nicht bin, wie eine Jungfrau sein soll!"

„Ei — und wie soll denn eine Jungfrau
sein?" fragte die Maid.

Auf dies nahm der Minnesänger seine Laute
und verkündete:

Eine Jungfrau soll sein
Ganz klar und rein,
Wie der goldene Morgenschein!

Und zu Mittags, wenn fürwahr
Der Himmel licht und klar,
All sonder Wölkelein —
So soll sie sein
In ihrer Seele, licht und rein!

Wohl geht die Sonne nieder
Mit klarem Schein.
Und also wieder
Soll die Jungfrau sein.
In ihrer Seele d'rin
Da sei nichts,
Gar nichts.
Denn lichter, reiner Sinn,
Ganz rosig klar und licht,
Ja, so sei's,
Und anders nicht!

Und ist der Tag vollbracht,
Und kommt die Nacht,
Da ihr Gebet sie thut
Und einschlummert,
Ja sanft einschlummert
Und ruht,

Da treten Engel herzu
Und schützen ihre Ruh',
Daß sie im Schlummer,
Im Schlummer auch sei fromm,
Daß ihr Böses nichts,
Gar nichts,
Im Traum vor die Seele komm'!

Und ist sie da, die Zeit,
Daß Einer um sie freit
Als seine liebste
Herzallerliebste Frauen —
Der mag sei'm Glück vertrauen.

Der hat dann selbst einen Engel
Ja er selbst,
Für hie und in alle Zeit;
Einen Engel,
Ja einen Engel —
Den hat er zum Geleit!

Und als der Minnesänger einhielt, da drückte
die Maid, die das Antlitz lauschend gesenkt
hatte, ihrem trauten Ritter die Hand und flü=
sterte:

„Er scheint mir doch ziemlich fromm zu
sein, denn wie könnt' er so Frommes erdichten!"

D'rauf sagte der Ritter: „Gewiß. Mir
gefiel seine Weise wohl und auch dir. Seine
Kunde war, wie er versprach, schlicht, hold und
rein, wie ein Strauß Maienglöcklein. Er ver=
dient den Dank — gieb ihm von Deinen!"

Da bot sie dem Sänger ein Paar.

„Mehr, mehr!" sagte der Ritter.

„Ist er denn gar so fromm?" flüsterte
die Maid. „Nun denn — da — da nehmt —
aber nun auch nicht eine mehr!"

„Habt Dank," rief der Minnesänger freu=
dig, „dreifach gesegnet ist mir dieser Tag! Ich
sah' die holdeste Jungfrau, ich sang mein fromm=
stes Lied und schöner bin ich belohnt, als mich
ein König belohnen könnte! Ade — Ade —
Ihr Glückliche — Ade!"

D'rauf zog er zum grünen, lichten Hain,
durch den sein Pfad ihn führte, und als er

sich noch einmal wandte und die Maienglöck=
lein siegreich emporhielt, sah er den Ritter die
Hand zum letzten, freundlichen Scheidegruß er=
heben, und der Schleier der Maid wehte, als
höre er auch sie flüstern: „Abe, du frumm
schalkhafter Sänger — Abe!"

Warum die Rosen weiß, roth und gelb sind.

An eines Fürsten Hof in der Provence war ein Turnier, am kommenden Tag ein herrlicher Tanz mit Lichtern, der vierte war zum Bankett bestimmt, aber vorher und am dritten war ein Liederstreit.

Da wandelten viele Damen und Ritter in zauberhaft schönen Gärten dahin, bis sie zu einem Thron gelangten. Der war unter vier silberblinkenden Birkenbäumen errichtet und aller Enbe mit Blumengewinden umschlungen und umwölbt.

Man glaubt gar nicht, wie schön der Thron anzuschauen war, und dazu die Ritter und die Damen in schimmerndem Rüstzeug und Prunkgewändern.

Als nun etliche Frist verstrich, sah man den Zug aller Anderen daherkommen. Voraus schritt

der Ehrenhold mit bekränztem Lockenhaupte und
Blumen-umzogenem Stabe. Dann kamen vier
jugendschöne Pagen mit goldblitzenden Kleidern.
Die Pagen trugen einen Baldachin aus duftig
grünem Laub; der war mit bunten, seidenen Bän-
dern geziert, die weithin und auseinander in
der sonnglastigen Luft flatterten, an den vier
Ecken des Baldachins aber nickten Büsche von
lauter schneeweißen Blüthen, und zu allen vier
Seiten hingen die anmuthigsten Blumenketten
herab. • So war der Baldachin, unter welchem
der Fürst seine engelschöne Tochter einher geleitete. Denen Beiden trugen wieder vier Pagen
die Schleppe der Purpurmäntel. Dann folgten
drei Troubadoure, die den Kampf in Lied und
Sage zu bestehen hatten — und dann in langer
Reihe viele Fürsten und Grafen von anders-
woher. Es war ein schöner, prächtiger Zug,
der da mit Schall herankam, denn voraus
schritten Ihrer sieben, die bliesen eine schöne,
ganz feierliche Melodei.

Und als sich nun Alle um den Blumen-
thron unter den Birken reihten, und der Fürst
und seine Tochter auf demselben niedergelassen

hatten, traten die drei Troubadoure heran und vernahmen, von was sie Kunde geben sollten. Das war aber von der Liebe, und wer die schönste Kunde gebe, der sollte der Sieger sein.

Also hob der erste Troubadour an.

Der gab vielfache Botschaft aus alten Tagen von Schmerz und Leid der Minne, von Verlust und Nimmerwiedersehen.

Dann hob der Zweite an. Der gab Botschaft von mittleren Zeiten, von Sehnsucht und von Herzeleid, doch dann vom Wiedersehen nach langer Sehnsucht und Prüfung.

Dann hob der Dritte an und gab Botschaft aus der Gegenwart von raschem Glück der Minne, vom Besitz und vom Nimmerverlieren in alle kommenden Lebenstage.

Da war der Wettstreit beendet. Bei der Kunde des Ersten waren alle Wimpern feucht geworden, die des Zweiten hatte wehmüthiges Lächeln zum Geleit, bei der des Dritten war auf allen Antlitzen Frohsinn zu finden gewesen.

Als nun die drei Troubadoure dem Urtheil entgegenlauschten, da sagte die engelschöne Prinzessin:

„Alle Drei habt Ihr so Schönes verkün=
det, daß ich nun Keinem den Preis zusprechen
kann. Da weiß ich nur eine Auskunft —
Ihr müßt zum zweitenmal streiten. Der Ihr
die letzte Kunde gegeben habt, seht, dort sind drei
Büsche, b'ran sind weiße und rothe und sind
gelbe Rosen. Von denen davon pflückt je eine, um=
schlingt sie mit dieser, meiner goldenen Arm=
schleife und bringt sie mir alle drei!" Und
als ihr Gebot erfüllt war, und sie die drei
Rosen in der Hand hatte, sprach sie zu den
drei Troubadouren weiter: „Wer von Euch
mir auf das Anmuthigste sagt, weshalb die Rosen
nicht von einer Farbe sind, sondern weshalb
es weiße und weshalb rothe und wieder gelbe
Rosen gibt, der soll den Preis gewinnen; dazu
spende ich ihm diese drei Rosen, und die Hand,
welche sie ihm bietet, die darf er vor Aller
Blicken küssen!"

Da trat der erste Troubadour zu ihr und
hob an:

„Die Rosen dufteten von Anfang an wun=
derbar süß. Aber sie sahen nicht, wie jetzt,
sondern alle Rosen, wie alle anderen Blumen,

waren vordem nur wie aus blaßem Licht ge=
woben, und ihre Farbe empfingen sie erst
später, denn sie hatten verschieden Sinn und
Neigung. Also traf da gar Vieles zu, bis sie
Alle so wurden, wie sie sind, und wie sie nun
bleiben für alle Zeiten.

Als nun einst der Blumenkönig mit seinem
Gefolge auszog, Alle die Häupter mit Kräu=
zen umwunden und die Schultern und die
Lenden mit Schleifen und Gehängen von manig=
farbigen Blüthen, die sie in holber Hast dort
und hier gepflückt hatten, da kamen sie an
einen smaragdgrünen Hag.

Auf dem Hag waren, nicht zu weit ab
von einander, drei Büsche, und an jedem der
Büsche war eine Rose.

Da hielt der Blumenkönig an und sagte
von der Rose am ersten Busch:

„Ei seht, wie holb sie ist!" Und sprach zur
Rose selbst: „Du gefällst mir wohl. Sieh auch
du meine reiche Zier an bunten Blumen und an
Blüthen; aber eine Rose besitz' ich nicht —
d'rob magst dich wohl grämen. Willst du nun
dafür an meine Brust, so wähle dir eine Farbe,

und wenn ich dann wiederkehre, will ich dich
pflücken in deiner schönsten Pracht, und du
sollst meine Herzenskönigin sein!"

Als der König dies gesprochen hatte, ward
das Licht der Rose bleicher und bleicher und
dann ganz weiß, denn sie fürchtete des schelmi-
schen Königes Hast und liebte ja einen Andren
aus seinem Gefolge. Ach hätte Der zu ihr
gesprochen, wie gerne hätte sie sein Wort vernommen!

Das ahnte der Blumenkönig alsbald und
sagte:

„Dort ist eine zweite Rose." Zu der trat
er und sprach zu der Rose: „Deiner Schwe-
ster Sinn ist wo anders. Bist du nicht milder gesinnt? Sieh, die Liebe keimt und ist da,
und man weiß es nicht, wie. Also sah ich
kaum zu dir und schon erfüllt mich heißes Verlangen — du sollst an meinem Herzen ruhen!"

Da erglühte die Rose ganz feurig vor hei-
liger Freude und Scham. Denn er, welchen
sie längst angebetet und geliebt, er hatte nun
zu ihr gesprochen, und sie sollte an seinem
Herzen ruhen!

Dem Blumenkönig aber war der Rose lange bewahrtes Geheimniß offenbar, mit aller Liebeshuld sah er zu ihr und nickte selig ein= verständlich.

Aber er sagte nichts mehr, sondern wandte sich ab, hinwegzuziehen.

Und da er sich abwandte, ohne noch sein Wort zu lösen, da nahm die Gluth der Rose ab und ward blässer und ward zum sanften Roth.

Der Blumenkönig aber zog fort und ent= lang, wo die britte Rose war. Auf die schaute er wohl freundlich hin, aber er sprach sie nicht an.

Da beschlich dieselbe britte Rose ein leiser Gram, dann schier Groll und Neid über ihre Schwestern, d'rüber ward sie bleich und blei= cher, und mehr und mehr, und ganz gelb zuletzt.

So waren die brei Rosen weiß, roth und gelb geworben und so sinb sie noch heut' zu Tage. Die schönste von allen aber ist die, welche ben Blumenkönig liebte und er sie, zu der er ben= noch wiederkehrte und sagte: „Ließ ich bich in so viel Sorge zurück, baß die Gluth beiner

Wangen erblich? Was ich zu dir geflüstert, sei wahr, sei mein und meines Herzens Königin!"

So erzählte der erste Troubadour.

Darauf winkte die Prinzessin dem Zweiten, und er trat herbei und hob an:

„Das ist wohl wahr und ist nicht anders — die ersten Rosen waren aus Licht gewoben. Aber nicht dem Blumenkönige danken sie ihre Farbe, also wie sie ist und fortan sein wird, weiß, roth und gelb, sondern anders trug es sich zu, und das will ich treu berichten.

Als Gott die Welt schuf und sie mit viel Schönem und Herrlichen schmückte, ließ er in seiner Güte all und Jedes so werden, wie es selbst hegte und wünschte.

Da hatte er eines Tages drei Rosen erschaffen; die eine an einem Wiesrain, die andere im Schatten der Bäume, die dritte nächst schönem Gebüsch und klaren, ruhigen Wassern. Da schwebten sie, jedwede an ihrem Strauch, ganz demüthig und still besinnend, welche Farbe sie wählen sollten.

Denn Gottes Frage war an sie ergangen.

Doch sie wußten keine Wahl zu treffen,
sie hatten ja noch kaum in die Welt geblickt
— und nun sollte ihre Wahl doch für immer
gelten!

Und wie all das so und nicht anders war,
senkte sich der Abend darnieder, in die Himmel
rann es, wie lichtes Gold, das strahlte und
schimmerte immer mehr, und als dann die
Sonne versunken war, da währte es noch lange
bis der Himmel verglomm und zuletzt blaß-
gelb wurde.

Da hauchte die erste Rose in die weichen
Abendlüfte:

„Ach wie schön war all dieses! O wär' ich
nur so an Farbe, wie der blasse Nachschein im
Aether — aber das Verlangen wär' ja wohl
zu kühn!"

Und als sie das hinhauchte und dann auf
sich sah, da war sie, wie des Aethers blasses
Gelb. Denn ihr Wunsch war erfüllt, und
von unsichtbarer Hand war sie mit Thau be-
sprengt und gesegnet, der war aus der Himmel
Weißbronn.

So entstand die erste gelbe Rose, und sie

war selig, daß sie so schön sei. Aber die anderen Zwei wußten nichts davon, denn sie hatten gesonnen und geträumt.

Da kam das Zwielicht, und nach dem Zwielicht kam die Nacht. In der entglommen die Sterne, und der Mond erhob sich ferne drüben aus der Meeresfluth und stieg empor am tiefblauenden Himmelsgewölbe, und lichtes Gewölke zog ihm nach oder entgegen und neigte sich verlangend zu ihm.

Und es sah die zweite Rose auf aus ihrem Sinnen und Träumen und hauchte in die heilig stille Nacht hinaus:

„Wie schön ist der Silberglanz dort oben! Ach wär' ich an Farbe doch nur, wie der Rand des kleinsten Wölkchens — ach das darf ich mir wohl nicht wünschen!"

Dann träumte sie wieder fort. Aber als sie in der Morgendämmerung auf sich sah, da war sie bräutlich umthan mit weißem Gewand, und auch auf ihr blinkte der Segensthau des Himmels.

Wie selig war sie da!

So entstand die erste weiße Rose, aber die

gelbe wußte nichts von ihr, wie die weiße nichts
von der gelben, und die dritte Rose wußte nichts
von Beiden, denn sie hatte gesonnen und geträumt.

Aber als die Dämmerung mehr und mehr
wich, da sah sie auf aus ihrem Träumen und
erkannte ihrer Schwestern Schönheit. Und als
sie diese b'rum beredete und dann von Beiden erfuhr, wie Gott ihren Wunsch erfüllt habe, da
hauchte sie hinaus in die kühlen Morgenlüfte:
„Was bleibt da mir noch übrig, und soll ich
denn gar nicht schön sein? Ja strömte das
Gold wieder in den Aether, oder wenn die
Wolken wieder heraufzögen mit den weißen
Rändern, da möcht' ich mich wohl entschließen,
und meine Wahl wäre bald geschehen. Aber
der goldene Ball, davon du erzähltest, ist versunken, und das Silbergestirn zerflossen, davon
du Kunde gabst, und sie kehren wohl nimmer
zurück!"

Da röthete sich der Himmel zuerst sanft,
dann entglomm und entglomm er stets mehr,
bis er mählig weitaus in goldburchströmtem
Purpur glühte, b'raus es in langen Strahlen
aufleuchtete und schimmerte.

Und die dritte Rose richtete ihr Haupt in Entzücken empor und flüsterte: „O nicht so schön, wie die dort die Purpurgluth, will ich sein; wär' ich nur so schön, wie das winzig kleine Wölkchen dort oben, das holdbescheiden geröthet ist — aber wie wollte mir Gott so viel Anmuth gewähren?!"

Und als sie sich in bemuthvollster Sehnsucht beugte und auf sich sah, da war ihre Sehnsucht schon erfüllt.

Denn sie war unsäglich schön, wie das zarteste Morgenroth, und auch auf ihr schimmerte der Segensthau aus dem heiligen Weihbronn der Himmel.

O wie selig war sie da, und die Schwestern hauchten ihr wonniglich zu: „Schön sind wir in Gottes Huld geworden, doch die Schönste von uns bist du und die Schönste unter allen Blumen!"

Also war es mit den drei Rosen und so wurden sie weiß, roth und gelb."

So erzählte der zweite Troubadour, und der Fürst und seine Tochter und Alle ringsumher sahen fragenden Blickes zu dem Dritten.

Der aber senkte seinen Blick und stand schweigend ferne, bis die Prinzessin zu ihm sprach: „Ei, wie nun, mein Troubadour? Ich gebot Euch, die drei Rosen zu bringen, da glomm Entzücken aus Euerem Auge, und ich versah mich schöner Kunde — hab' ich mich wohl getäuscht und gebt Ihr Euch ganz über= wunden?"

Da sah er empor frohmuthig, der dritte Troubadour, trat vor sie hin und sagte:

„Was Besseres soll ich verkünden, als Ihr von diesen Beiden vernahmt? Prüft und ent= scheidet zwischen ihnen; ich weiß nicht, wie das wurde, um was Ihr uns Alle gefragt habt! Dies Eine aber weiß ich sicher und ge= wiß. Wären die Rosen noch wie vordem, farb= los und aus mattem Licht gewoben, ich aber wäre der Aermste unter den Menschen, zu dem ein mächtiges Wesen träte und spräche: Geh' hin und pflücke drei Rosen, und so oft du eine Rose pflückest und einen Wunsch hegst, so sei er dir erfüllt — da wünschte ich mir nicht Gold und ich wünschte mir nicht Macht und nicht

Lande, sonbern ich träte mit ben Rosen zu Euch
unb sagte: Ihr ebelste aller Jungfrau'n, Euch
zu hulbigen ist mein heiligstes Verlangen — boch
was immer Schön unb Kostbares in bieser Welt
ist, es wäre viel zu gering, um es Euch als
Opfer zu bringen!

So nehmt bas Bescheibenste hin, bie brei
Rosen aus blassem Licht geroben — boch mit
ihnen will ich Euch überirbische Gewalt opfern.
Nehmt hin bie erste Rose; sie sei weiß zum
Preis ber Reinheit Eurer Seele! Nehmt hin
bie zweite; sie sei gelb, als Abglanz Eurer
Krone, bie Ihr tragt in fürstlicher Hoheit!
Unb nehmt hin bie britte; sie sei, wie bie
Morgenröthe, ein Sinnbilb Euerer Jugenb!"

Dann hielt er ein unb sagte weiter:

„So spräch' ich zu Euch, wäre höhere Ge=
walt mein Eigen. Doch hab' ich sie auch nicht,
bas Wunber geschähe bennoch, wenn Ihr es
wünscht. Ja, wüßt' ich nur Rosen von sonst,
ich pflückte sie, unb spräct Ihr, sie seien weiß,
roth unb gelb — ber Himmel erfüllte sicher
Euer Wort, Euch sein Wohlgefallen zu bewähren!"

So sprach ber britte Troubabour.

Und als die Prinzessin sein Wort vernommen, erhob sie die Stirne, die sie lauschend gesenkt hatte, und sagte:

„O Ihr edle Troubadoure. Konnt' ich das
erstemal nicht entscheiden, im zweiten Streite
vermag ich es noch minder. So werde denn Jedem
die gleiche Sängerkrone zu Theil und Jedem
der Preis der Rosen in meiner Hand. Denen
könnt' ich wohl ihre Farbe nicht geben, wären
sie auch noch aus blassem Licht gewoben — aber
dennoch weiß ich einen Zauber, nicht zu meinem Ruhme, sondern zu dem Euren!"

Und rasch zerpflückte sie die drei Rosen
und schwang die Rechte, daß es dahin tau-
melte und wallte durch die Lüfte und über
den Häuptern der Troubadoure in reizendem
Gemische von dreihundert weiß, roth und gelben Rosenblättern.

Dann bot sie dem Ersten die Hand, dann
dem Zweiten, und bot sie dann dem Dritten,
daß er sie küße — und ihm ließ sie dieselbe viel
länger als den Andren und zu leisem Druck
der seinen flüsterte sie:

Mein Troubadour, kein düstres Ach,
Daß ich für Dich alleine nicht entschieden,
Des Herzens Dank bleibt immer wach,
Mein theurer Troubadour —
Ich benke Dein — so lang' ich bin hienieden!

Von Awe, dem See der Klage.

Drei schottische Hochlandssagen.

Hely Mary.

Viele anmuthige Inseln liegen im See Awe dahin gestreut; die eine größer, so daß du dem Wassergeier lange nachschaust, bis er sich über dieselbe hinwegschwang, die andere kleiner und oft so gering an Umfang, daß sie die bunten Schmetterlinge in kurzer Weile umgaukeln.

Die eine der Inseln nennt das Volk der Berge Inishail.

Von der ragte in alten Tagen aus üppigem Gelaub hoher Lindenbäume ein Kloster auf.

Aber die Stürme der Zeit haben sie zerschmettert, die Heimath der Frommen ist gebrochen, und die Nonnen, die da beteten und sangen, schlummern schon längst unterm Schatten wuchernden Dorngesträuches und am Getrümmer des Kirchhofs.

Ihre Namen sind verklungen.

Nur von Einer weiß dir der Fährmann zu sagen — von Hely Mary.

An den Niederungen des Berges Cruachan stand ein Schloß, in dem lebte Helh Mary zur Seite ihres Vaters Macdona, und als sie in der Fülle und Pracht der Jugend war, ließ er ihr die freieste Wahl unter allen Edlen der Thäler.

Wohl Mancher sah verlangend nach ihr.

Aber die Herzen zweier Freunde erglühten für sie zu tiefst.

Die Edelsten von Allen waren sie — Magregor und Cameron.

Und sie wählte Magregor.

Der Lenz war nah', und früher, als je, drängten sich die Blumen und die Blüthen hervor.

Da erscholl von Osten der Mahnruf in's heilige Land, und Macdona und Magregor beschlossen, für des Erlösers Ruhm zu streiten.

Cameron aber, welcher verschmäht war, heftete das Kreuzeszeichen nicht an, denn schon lange sah er finster auf den glücklichen Freund, und für Spiel und Kampf war ihm der Sinn entwichen.

Schwer vermißte Magregor seinen Freund, aber mit dem Opfer seines Herzens konnte er ihn nicht einlösen. Eines nur vermocht' er zu thun, und ehe er von Help Mary schied, sagte er zu ihr:

„Nimm diesen Ring von Gold und grü= nem Gestein. Es mag lange währen, bis ich wiederkehre, wer weiß, vielleicht nie mehr. Er= warte mich im Kloster zu Inishail, und kehr' ich nach zweimal zwölf Monden nicht zurück, so nimm für sicher, ich sei im Kampf gefallen. Dann bist du frei, und ich will, daß du Ca= meron diesen Ring gibst, als ein Zeichen, daß du ihm gehören willst — denn ich weiß es, wäre nicht ich, du könntest ihm ergeben sein. Erfülle, was ich dir gestatte und will. Das würde ihn beglücken, und warb er mir Feind im Leben, ich könnte ihn mir nach meinem Tode versöhnen."

Und Magregor und Macdona zogen fort..

Help Mary aber trat in die Zelle zu Inishail.

Da blieb sie.

Und wenn in der Nacht die bunten Fenster

der Kirche glommen, kniete sie mit allen Non=
nen im Chor und betete.

Da entschwanden zweimal zwölf Monde,
und Macdona und Magregor waren nicht heim=
gekehrt.

Tiefstes Leid zog ein in Helh Marh's Herz,
und zum Leid gesellte sich die Furcht vor Ca=
meron's Anspruch. Und bald kam auch seine
Botschaft, die lautete:

„Was willst du länger harren und zwei=
feln? Dein Vater und Magregor sind nicht
mehr, so spricht ein Jeder weit aus. Die Zeit
ist um. Gib mir den Ring und sei Mein, es
war Magregors eigener Wille — und ich weiß,
du warst mir wohl geneigt."

Helh Marh verstummte, als sie dies las.

Dann sagte sie zum Sendboten: „Wenn
des Cruachan Wände im Abendroth glühen,
will ich auf einem Kahn hinüber und Jenem
den Ring übergeben, dem er nun gebührt."

Als Cameron diese Worte vernahm, zuckte
Freude über sein bleiches Antlitz, und da sich die
Schatten in den Thälern länger streckten, stand

er am säuselnden Röhricht des See's und sah den Kahn von Inishail herübergleiten.

In dem stand Hely Mary, den Blick zu ihm gerichtet und den Ring in erhobener Hand. Urplötzlich hielt der Fährmann ein — Hely Mary aber ließ den Ring in die Tiefe der Wasser fallen. Dann deutete sie auf Inishail zurück.

Das hieß: „Dort ist mein Bleiben für immer!"

Und dann wandte sich der Kahn wieder und trug sie hin, von wannen sie gekommen war.

In Verzweiflung sah ihr Cameron nach. Doch der Zorn siegte in seiner Seele, und bald war sein Entschluß gefaßt.

In der Nacht und mit Gewalt dacht' er Hely Mary zu gewinnen, ob ihm auch der Fluch der Heiligen folge!

Als sich die Sonne des nächsten Tages neigte und Cameron mählig vom Schloß darnieder zog, der Dämmerung und der Nacht ungeduldig harrend, trat ihm Einer der Seinen entgegen. Der trug einen Zweig, daran hing

Magregors Ring. Beide hatte er mit den Netzen aus dem See gehoben.

„Es ist des Himmels Fügung,“ rief Cameron, „dies Wunder bricht Hely Mary's Widerstand, und ich bedarf keiner Frevelthat! dir soll's gelohnt sein — der Ring aber ist Mein!“

Und den Ring an der Hand kehrte er zurück und zu lärmendem Gelage.

Eine Stunde später zog von Osten eine Schaar in funkelnder Wehr zum See herab; am Gestade hielt der Führer an, und auf seinen Wink zerstreuten sich Alle. Er selbst aber trat in einen Kahn, und der Fährmann lenkte gegen Inishail.

Es war Magregor; zur Heimath war er gekehrt und in Sehnsucht Macdona zuvorgekommen.

Bald lag ihm Hely Mary an der Brust und flüsterte: „So lebst du, den ich todt geglaubt?!“

„Ich lebe, und dein Vater lebt,“ antwortete Magregor. „Doch was ist dir, Hely Mary, du zitterst — wo ist der Ring —?!“

Da erfuhr er, was sich mit Cameron begeben, und daß sie den Ring in den See versenkt habe.

Und Magregor sagte: „Dank deiner Treue — schlummere sanft und träume selig, in wenigen Tagen komm' ich und führ' dich in bräutlichem Schmuck auf mein Schloß!"

Darauf schied er und als er jenseits an's Ufer kam, bestieg er sein Roß und ritt zu Cameron.

Den ließ er vom Gelage entbieten.

Und als Cameron darnieder eilte, nicht ahnend, wem er nahe, hielt er ein und trat voll Staunens zurück.

„Du bist es, Magregor?!" lallte er.

„Ich bin es," sagte Magregor, vom Roße schwang er sich und die Rechte bot er Cameron. „Schon weiß ich Alles, und deiner Liebe Hast sei dir vergeben! Du aber raffe dich auf in Manneskraft und Stolz und sei wieder mein Freund, ob ich auch glücklicher bin. Der Ring liegt in den Tiefen des See's, und aus tausend Gefahren bin ich wunderbar errettet worden — wo wäre dein Recht? Der Himmel hat

Hely Mary's Muth gestählt und durch seine
Hülfe für mich entschieden!"

Da höhnte Cameron: „Auf des Himmels
Zeichen berufst du dich, weil der Ring in
den Tiefen der Wasser ruhe? Auch ich berufe
mich darauf, denn er ist nicht im See, wie
du wähnst, hier ist er, an meiner Hand —
ein Wunder hat ihn mir zugeführt!"

Das ist Lüge!" rief Magregor. „Nun er=
faff' ich Hely Mary's Schrecken. Sie hat ihn
nicht versenkt, sie gab ihn dir, und deine Un=
geduld hat sie verführt! Was soll der Dinge
Irrsal? Nicht mehr Raum in der Welt ist
für uns Zwei zugleich — du stirbst — und
sie soll sterben!"

Und kein Wort mehr gönnend, riß er das
Schwert von der Seite, und Jener das seine.

Verderbenvoll waren Cameron's Streiche,
Magregor aber durchbohrte ihm das Herz, daß
er im Tode niederstürzte.

Und Magregor, bluttriefend, beugte sich zu
ihm, entriß Cameron's Hand den Ring und
wankte fort zum Gestade hinab, gegen Inis=
hail trieb ihn die Rache. Doch ihm brach das

Knie, und die Schauer des Todes nahten auch ihm. Da stützte er die Linke auf das blutige Schwert, die Rechte erhob er in letzter Kraft und schleuderte den Ring gegen Inishail.

Da versank der Ring wieder in den Wassern, daraus er jüngst gekommen.

Und als er versunken war, sank auch Magregor am Ufer des See's darnieder. Entseelt lag er da — und oben auf den Höhen lag Cameron — Beide die Faust geballt, das erloschene Auge zum Himmel gewandt.

So lagen sie, das Schwert an ihrer Seite.

Als der Mond über des Cruachan Gipfeln auftauchte, malte sein Licht ihre fahlen Antlitze mit unheimlicher Röthe.

Bald klopfte die Schreckenskunde an die Zelle von Inishail — und bald ward sie Macdona inne, der am Morgen zur Heimath wiederkehrte. Wundersames Bangen war in der Zeit der Nacht über ihn gekommen, vom Lager war er aufgebrochen und als er in früher Stunde zum See gelangt, hatte es ihn ge=

trieben, den Fährmann aus dumpfem Schlum=
mer zu rütteln, daß er ihn frage, ob kein Un=
heil geschehen sei.

Da war seine Ahnung erfüllt worden.

Und er rief: „Auf und zu ihr, ich will
sie sehen und will sie trösten!"

Kein Strahl der Sonne traf noch die
Wasser, und weit hin über der Fluth lagerten
die Nebel.

Als Macdona auf Inishail landete, fand
er der Tochter Sinn umdüstert, wie draußen
die sonst spiegelreinen Wasser des See's. Die
sollten sich wieder erhellen im Licht der Sonne
— aber von Hely Mary war das Licht für
stets gewichen.

„Fort, fort von hier," stöhnte sie, „Ma=
gregor ist nicht todt — er soll mir glauben
— und die Welt soll es — ich weiß ja, wo
der Ring begraben liegt!"

Tiefster Schwermuth voll geleitete sie Mac=
dona zum Kahn und stieß vom Ufer.

Ernst ragte Macdona's Gestalt empor.
Auf seinem geflügelten Helm zuckte der erste
Strahl des jungen Lichtes, das strömte dahin
auf die Waffer, von denen mählig die Nebel
flohen.

Aber in der Seele Hely Mary's tiefer und
tiefer dämmerte es herein.

Stumm lehnte sie an Macdona's Bruft
und sah regungslos zum See, bis der Kahn
dahin kam, wo sie den Ring versenkt hatte.

Da lallte sie: „Wer sagt, daß Cameron
den Ring besitzt —? O der Lüge! Schon seh'
ich ihn ja schimmern und blinken da unten auf
dem Grund! Siehst du Vater? Fluch deiner
Lüge, Cameron — weh dir, Magregor, daß
du ihm geglaubt! Doch nein, nein, Magregor
ist nicht todt und glaubt mir — nicht ruhen
will ich, bis meine Treue sich bewährt — ich
will ihm den Ring geben!" rief sie urplötz=
lich — und riß sich los und hinunter stürzte
sie sich in die Fluth — —

7*

Als in der Abendzeit die Wände des
Cruachan wieder glühten, und sich die Schatten
der Berge wieder länger und länger streckten
in den Thälern, trugen die Wasser eine Leiche
an das Ufer von Inishail.

Es war die Leiche Hely Mary's.

Viel beweint ward sie von den Nonnen
zu Grab getragen.

Bald trugen die Recken auch Magregor zu
Grabe.

„Dort sind ihre Gräber," sagt dir der
Fährmann, „dort unterm Dorngestrüpp, am
Getrümmer, das im Abendschein glüht. Manches=
mal öffnen sie sich in der Nacht, die Gestalten
Hely Mary's und Magregors erheben sich und
schweben dahin oder dort. Ich sah sie nicht.
Aber mein Vater sah es wohl, wie sie dort
drüben wankten am Gestade und hinaus schau=
ten und hindeuteten, wo der Ring von Ma=
gregors Hand versank — und dort oben sah
er die Nebelgestalt Camerons schweben. Der
Fluch und das Weh Hely Mary's ist dreifach

wahr geworden. Sie alle finden keine Ruhe,
bis der Ring wieder zu Tage kömmt. Aber
noch Keiner von uns wagte es, hinab zu
tauchen, daß er den Ring zum Licht ent=
führe, und noch Keiner von uns zog mit dem
Netz zum zweitenmal einen Zweig empor, daran
er hing — —"

Froach Skida und Mega.

Manches Unheil stiftete schon neckisch prü=
fender Frauen Eigensinn.

Davon zeugt Elan, die Himmelsinsel.

Es ist schon lange, lange her, da war
nicht gut landen an der Insel.

Und doch zog es Jeden hin.

Denn bis an's Gestade jenseits floß der
wunderfame Duft von Blumen und Blüthen,
die sonst an keinem Ort zu finden waren, die
hier und dort zerstreut liegenden Steine sahen
wie Rubin und Hyazint, oder wie reinstes
Silber oder Gold — und in Mitte der Insel,
auf unvergleichlich schönen Matten, prangten
einige Bäume, deren tief smaragdgrünes, üppiges
Laub die köstlichsten Früchte barg, wie sie nur
im Paradies zu finden waren.

Ob da der Nordwind wildes Schneege=
ftöber dahinſchauern ließ, ob des Sommers
Gluth die Hänge bleichte, auf Elan war ſtets
Lenz und Herbſt vereint in Blüthen, Blumen
und Früchten, und die milbeſten Lüfte voll
entzückenden Duftes umhauchten unabläſſig das
Zaubergebiet.

Deshalb war Elan die Himmelsinſel
genannt, und gar Viele hätte es hinüber gelockt.
Aber Keiner ſeit langen Zeiten wagte, ſie zu be=
treten. Denn der Duft der wunderbaren Blu=
men und Früchte brachte unheilvollen Taumel,
und im Schatten der Bäume ſah man oft ein
Ungeheuer liegen, das mit flammenden, ſelten
müben Augen die Früchte und die Blumen
bewachte — und wer dennoch Früchte ent=
führte, der mußte ihren Genuß mit dem Leben
büßen, ſo ging die Rede für ſicher — —

In der erſten Hütte an den Niederungen
der Berge lebte Mego, die ſchönſte Jungfrau,
und nach ihrem Beſitz trachtete raſtlos der
kühnſte Sohn des Waldes, Froach Skiba;
er war der ſchönſte Jüngling rings aller
Thäler.

Allen Launen Mego's hatte er sich unter=
worfen, alle Beweise aufopfernden Muthes
hatte er ihr geboten — ihn schreckte keine Fels=
wand des Ben Cruachan; des Adlers Brut zu
überraschen, klomm er die schauerlichsten Ab=
gründe hinab, auf Bergen und im Thal ver=
mochte ihn nichts zu schrecken, und was Mego
im Uebermuthe in den See warf, Skiba stürzte
sich in die Fluthen und brachte der Erwählten,
was sie versenkt hatte.

Aber als die Zeit der Prüfung vorüber
war, zögerte Mego dennoch mit der Erfüllung
ihres Versprechens.

Da fragte er einst: „Warum versagst du
mir deine Hand, willst du noch mehr, als ich
bestanden habe? Ich wüßte nichts mehr!"

„Doch ich weiß es," entgegnete Mego mit
süßester Freundlichkeit. „Leicht wirst du mei=
nen letzten, allerletzten Wunsch erfüllen, dann
habe ich kein Verlangen mehr, als jenes, Dein
zu werden. Verleiht dir das keinen Muth?"

„Und was soll das sein?" rief Skiba.
„Du sagst, es sei die letzte Prüfung. Wohlan,

so schwöre ich dir, ich thue, was du verlangst —
es müßte nur die zu harte Prüfung sein, dich
zu meiden!"

„Nein, o nein, das will ich sicher nicht,"
sagte Mego, und einen Blick der feurigsten
Liebe entsandte sie. „Du hast geschworen,
mein Geliebter, und Schwüre muß man halten.
Komm, daß du erfährst, was ich verlange!"

Sie trat aus der Hütte, und Skiba folgte
ihr auf einen sanften Hügel. Dort blieb sie
stehen, deutete schweigend auf die Himmels=
insel und sah sie mit leuchtenden Augen zu
ihm.

„Verstehst du mich?" sagte sie dann. „Voll=
führe, was einst Mancher versuchte, und ich
will dein werden, dir einzig und allein, wie
dir allein die Früchte des Paradieses zu Theil
werden!"

Froach Skiba schaute düster hinaus in den
See.

„O, was verlangst du von mir, Mego!"
sagte er voll des tiefsten Schmerzes. „Ich
werde sterben ohne Sieg — oder ich werde
vollführen, was du gebietest und dich dennoch

nicht besitzen — denn den Keim des Todes
werde ich mit mir nehmen!"

„Wie du doch so furchtsam bist!" erwie=
berte Mego hold spottend. „Ich dränge dich
nicht. Ersehe die Zeit, wann der Drache schläft,
und fülle mir diese Schale mit Blumen und
mit Früchten von dort! Was kann dir Böses
drohen von so milder balsamischen Luft — willst
du, oder verweigerst du mir meine Bitte?"

Das sprach sie gar verführerisch.

„O Allgewalt, die dich beseelt," rief Skiba,
ihre Hand ergreifend; sie aber drückte ihm die
seine leise und nickte mit holdestem Danke zu.

Dann schritten sie, Hand in Hand, den
sanften, grünen Hügel darnieder, ohne zu
sprechen.

Einmal hielt der Jüngling ein und wandte
sich, wie in neu aufkeimenden Zweifeln, gegen
den See und die Himmelsinsel. Da beugte
sich Mego ein wenig vor, sah ihn schalkhaft
lächelnd an und flüsterte: „Wieder Furcht?
Laß ab, Froach, wenn du keinen Muth hast
— komm', und gib mir die Schale zurück!"

Da erbebte Skiba, seine Wangen übergoß
Schamröthe, in sanfter Hast entriß er sich
Mego's Hand und entschlossenen Blickes schritt
er von der Geliebten.

Zwei Tage lang spähte sein scharfes Auge
nach der Himmelsinsel.

Am Morgen des britten Tages kam er zu
Mego und sagte: „Mich bedünkt, das Unge=
thüm schläft. Du siehst Schwert und Speer bei
mir, und meines Herzens Entschlossenheit ist
dir bewußt. Ich bin bereit, meinen Schwur
zu lösen. Doch bitte ich dich, lasse ab — fast
fast wähne ich, du liebst mich nicht!"

„Unaussprechlich!" rief Mego. „Doch sagst
du mir, ich sei über alle Jungfrauen erhaben,
wohlan, so will ich nur dem gehören, der
keine Grenze seines Sieges kennt!"

„So folge mir, Mego!" sagte Froach Skiba.

Er trat aus der Hütte, und Mego folgte
ihm auf den sanften Hügel und wieder hinab
zum schilfumsäuselten Gestabe.

Dort ließ sie sich nieder an einem Ge=
büsch.

Ernst gab ihr Skiba den Scheidegruß und trat in den Kahn. Balb stieß er vom Ufer. Sein Auge auf die Himmelsinsel gerichtet, glitt er dahin, das Antlitz von den Strahlen der Morgensonne übergossen.

„O, wie schön, wie erhaben ist er!" flüsterte Mego. „Gleich einem König des Meeres zieht er dahin. Kaum daß das Ruder die Fluth berührt, und sie gehorcht ihm dennoch!"

Und sie sah hinaus und hinaus, bis Skiba an der Himmelsinsel landete, und sie sah ihn den Kahn an das Ufer lüpfen und in sonnenumstrahlten Gebüschen verschwinden.

Erst wenige Schritte hatte Skiba gethan, da kam ein entzückender, doch gefahrvoller Taumel über ihn, denn die Düfte, welche ihm überall entgegenströmten, begannen ihre böse Wirkung zu thun. Aber Skiba's Wille war fest, und er kam zu den Bäumen, an denen die Paradiesesfrüchte hingen.

Da war kein Ungeheuer zu sehen, nur den langsamen Odemzug desselben vernahm er aus den nahen Gebüschen. Mit rascher Hand pflückte

er die schönsten Blumen und Blüthen in die
Schale, von den Bäumen mehre der herrlich=
sten Früchte — und fort eilte er, schwanken
Trittes, gegen den Kahn.

Schon war er am Rande der Himmels=
insel, als brausend und tosend der Drache da=
her kam, und grauenhafter Kampf erhob sich.

Zu Splittern fuhr der Speer Skiba's, ihn
selbst rannte das Ungethüm zu Boden, hauchte
ihm wild schnaubend sein Gift entgegen und
holte mit den mächtigen Krallen aus, ihm die
Brust auseinander zu reißen. In dieser Zeit
ersah es der Jüngling, sein Schwert zu ziehen,
das bohrte er dem Drachen in's Herz, daß er
er brüllend zusammenstürzte und winselnd in
Strömen schwarzen Blutes verendete.

Da raffte sich Skiba auf, bestieg in wirrer
Siegesfreude den Kahn, stieß vom Ufer —
und glaubte sich gerettet.

Aber er trug mit sich das Gift in der
Brust.

Wohl flog der Kahn in Pfeileseile fort und
dahin, von der Kraft des jungen Armes durch

die Fluthen geführt — doch schon bald von
der Kraft der Verzweiflung. Denn ,Skiba
fühlte den nahenden Tod; noch einmal wollte
er Mego sehen und sprechen, und es schien
ihm versagt zu sein.

„Willkommen, nun bald mein Herr und
Gebieter!" rief ihm Mego entgegen, als er
wankend an das Gestade trat.

Dabei nahm sie die Schale und griff hastig
nach der schönsten aller Früchte; während Skiba
zu ihr flehte: „Laß ab, Mego, und berühre sie
nicht! Ich habe mein Wort gelöst; du aber
schwöre mir, zähme dein Verlangen — wenn du
mich je geliebt, schleudere Alles hinweg in die
Fluthen des See's, daß du nicht mit mir
in den Tod geh'st!"

„Ich dies von mir schleudern," rief Mego,
„du sterben? Das sollst du nicht! Mein
Zauber ist mächtiger, als der von Elan —
ich will dir Kraft zum Leben verleihen. Komm
in meine Arme und empfange den ersten Kuß
der Liebe! Und nun sollst du mit mir von den
süßen Früchten essen," fügte sie flüsternd bei,
„komm', setze dich zu mir!"

Und zog ihn auf die üppigen Matten nieder.

Stiba lehnte verstummend an ihrer Brust, und sie glaubte, in stillem Entzücken lausche er ihren Worten.

Aber bald zerfloß ihr Wahn, denn Todtenbläße überzog sein Antlitz.

„Du sollst, du darfst nicht sterben!" lallte Mego. „Diese Früchte, welche den Tod bringen sollen, gewiß, sie bringen unsterbliches, erneutes Leben, nur der Himmlischen Neid hat die böse Sage verkündet. Nimm nur einen Bissen, und du bist von deiner Sorge genesen!"

Und begierig führte sie eine Frucht zu den Lippen, und eine gleiche bot sie dem bleichen Jüngling.

Der schüttelte leise das Haupt — sie aber aß in Hast von ihrer Frucht.

„Du fürchtest dich?" rief sie urplötzlich siegreich. „Siehst du nicht, wie mir die Wangen glühen? Mir ist, als sei ich über alles Sterbliche erhaben — und hab' ich doch nichts genossen, als die Hälfte dieser herrlichen Frucht! O welche Wonne, Stiba — weshalb schweigst

du? Iſt es noch Furcht, oder willſt du mir
nicht mehr gehorchen — ſieh doch, wie ſchön
wieder dieſe!"

Und ſchwankend in Begierde vergaß ſie die
Sorge um den Geliebten und ließ ihn auf die
grüne Matte ſinken. Frucht um Frucht nahm
ſie und aß, der Blumen und Blüthen bezau=
bernden Duft ſog ſie auf, und in ſeliger Be=
rauſchung ließ ſie ſich auf ihren Arm darnieder.

Da war's ihr, als ſchwankten Bäume und
Felſen und Berge und begönnen einen Reigen
um ſie, und eiſige Kälte trat ihr an das Herz.

"Was ſoll das ſein?" lallte ſie. "Hätte
ich mich doch getäuſcht?!"

Einen wild wirren Blick über Froach Skiba
ließ ſie ſtreifen, zitternd berührte ſie ſeine
Stirne und ſeine Wangen, die waren kalt —
zu ſeinem Herzen führte ſie die Hand — das
Herz, es ſchlug nicht mehr.

"Er iſt todt" — rief ſie mit gebrochener
Stimme, "und ich trage die Schuld! Ich will
ihn beweinen, in Einſamkeit will ich für ihn
beten — doch nicht ſterben — nein, nein,

nicht sterben — hinweg, hinweg mit diesen fluchbeladenen Blumen und Blüthen — und dieser einzigen Frucht, die noch übrig!"

Sie wollte sich aufraffen und die Schale wegschleudern. Aber sie vermochte es nicht. Heißes Verlangen und Abscheu durchglühten ihr Herz zugleich, und das heiße Verlangen siegte.

Mit zuckender Hand nahm sie die letzte Frucht und erhob sie, daß sie über ihr schwebte.

„O, wie süß, wie erfrischend muß sie sein — diese, ja diese gibt mir das Leben zurück!"

In schmerzlichem Entzücken lallte sie es, und ihre Hand senkte sich.

Aber kaum berührte die Frucht ihre Lippen, da erbebte Mego's Hand — die Frucht fiel auf die grünen Matten — und Mego sank zurück.

In letzter Kraft breitete sie ihre Arme gegen Skiba. Mit dem Antlitz sank sie auf des Geliebten Brust, da seufzte sie noch einmal auf — dann schwebte die Seele von ihrem bleichen Munde.

Das ist, was sich mit Froach Stiba und Mego in alten Tagen zutrug. Blumen, Blüthen und Früchte sind verschwunden. Aber was geschehen ist, ist geschehen, und was wahr ist, bleibt für immer wahr!

Viel Unheil stiftete neckisch prüfender Frauen Eigensinn.

Aber oft trifft ihn selbst die Strafe.

Wie der See der Klage entstand.

Wer die Thränen einer Jungfrau verachtet, den trifft Verderben.

In alten Tagen lebte im Thal Awe Grianan, ein mächtiger, weiser König der Hochlande.

Weit zurück zählte er seine Ahnen bis in viele Jahrhunderte, mit den Geistern, welche die Erde beherrschen, war er nahe verwandt, langes Leben war ihm verheißen, wenn er den Befehlen der Ueberirdischen treu bleibe, und viel Kostbares war ihm verliehen, so daß sich an Schätzen Niemand mit ihm messen konnte.

Das Kostbarste war ein sanfter Quell, der auf den Höhen der Berge entquoll und den Menschen im Thal zur Freude und wundersamen Labung darnieder sprang. Mit der Sonne letztem Strahl mußte aber der Born

8 *

gefeffelt werden, und weil Grianan Keinem
Vertrauen schenkte, stieg er selbst die Höhe
hinan. Da rückte er Abends einen gewaltigen
Felsen vor die Höhle — und am Morgen wälzte
er ihn wieder hinweg.

Das that er Beides ohne Mühe.

Denn er wußte ein Zauberwort, durch
dieses wurde der Fels in seinen Händen feder=
leicht.

Grianan's Tochter hieß Bera.

O wie hold war sie, wenn sie dahinschritt
in ihrem weißen, leise wehenden Gewande!

So wandelt die silberglimmende Staub=
wolke, wenn sie sich am sonnigen Bergpfad
erhebt und träumerisch entlang zieht.

Und zauberisch schön war sie.

Schwarz, wie Morvens Fichtenhaine in
nächtlichen Schatten, war ihr Gelocke, und
tiefblau ihr Auge mit den sanft drohenden
Blicken. Sie glichen den Wogen, die zum
Strande rollen und in sanften Spiegeln zer=
rinnen.

Kennst du die Abendstille der Thäler, wenn
die Höhen des Ben Nevis verglühen? Da

schauft bu am Hang, baran bie taufenb Rofen=
büfche lispeln, aus ber Dämmerung empor
zum Himmel, wo purpurne Düfte bes Mon=
bes milb ernftes Antliħ röthen.

So fah Bera's Antliħ.

Unb was gleicht ihrer Stimme füßem Laut?

Mit Stolz fah Grianan auf feine Tochter
unb bachte, fie bem mächtigften feiner Freunbe
zu bewahren. Davon ahnte fie nichts unb fie
bachte an einen Anberen.

Eines Tages hielt fie einen Strauß über=
aus fchöner weißer Blumen in ihrer Hanb,
ben fah fie oft unb lange an.

„Wer gab bir biefen Strauß?" fragte
Grianan lächelnb unb voll Arglift.

„Ronalb gab ihn mir," entgegnete Bera.

Unb in unfchulbvoller Offenheit fagte fie, ber
Schönfte unb Ebelfte von Allen bebünte ihr
Jener. Dabei glänzte ihr Auge in Wonne,
feurig entquoll ihren Lippen fein Lob, unb
bennoch fetzte fie oft ab, benn fie konnte bie
Fülle ihres Entzückens nicht fchilbern unb er=
fchöpfen.

Weisheit thronte auf Grianan's Stirne,

und des Gleichmuths selige Klarheit hatte lange nichts getrübt. Als er aber Bera's Worte vernahm, schwebte eine Wolke über sein tief=schauendes Auge, und in düsterem Sinnen stand er vor der geliebten Tochter.

„Was ist dir, mein Vater?" fragte Bera.

„Sei unbesorgt!" sprach Grianan, und seine Stirne hellte sich auf. „Deine Worte erregten mir Gram, aber ich bin thöricht ge=wesen und schäme mich meines Mißtrauens. Sie nennen mich weise, und du bist mein kluges Kind. Was bedarf es da mehr, als väterlicher Mahnung!"

„Ich versteh' dich nicht ganz," entgegnete Bera erröthend.

„So will ich offen zu dir sprechen," sagte Grianan. „Du liebst Ronald — oder glaubst du das nur? Wie dem sei, nie wirst du ihn dein nennen. Wohl ist er ein edler Recke, doch er zählt zu meinen Vasallen, und deine Hand gebührt einem König, keinem Diener!"

Tief betroffen stand Bera. Denn was sie nicht geträumt und gehofft, aber nach was

sie sich sehnte, ohne es zu wissen — darin
hatte sie Grianan sonder Absicht belehrt.

Er ahnte nicht, was er in der Tochter
Herzen aufgeregt habe, und voll Vertrauen
sprach er:

„Du siehst, meine Bera, ich zürne nicht;
denn offen hast du fleckenlose Schuld bekannt.
Ich könnte dir befehlen, Ronald nie wieder
zu sprechen, und wohl sorgen, daß er nie wie=
der vor dein Antlitz träte. Dazu fehlte mir
nicht die väterliche Macht und nicht die des
Königs. Aber nicht ich, du selbst sollst und
wirst dich bezwingen! Du sollst ihn sehen, wie
früher, wenn das geschehen ist, was ich wünsche.
Dann wird dein Auge an ihm ohne Gefahr
vorüberstreifen, weil du erkannt hast, was dir
ziemt — und was nicht."

„Und was wünschest du?" fragte Bera
leise erbebend.

„Ich bin alt," sagte Grianan, „und der
Weg zur Quelle, die uns die Himmlischen an=
vertrauten, wird mir mühselig. Ich bitte dich,
meine Tochter, besorge du, was ich bisher ge=
gethan, und länger nicht, als bis ich einen

Treuen gefunden habe, der mich und dich der
Mühe enthebt. Also geh' du Morgens und
lüpfe den Felsen hinweg. Das vermagst du
wohl — denn ich vertraue dir das Zauberwort,
seiner Bürde Herr zu sein — und Abends ver=
schließe du wieder den Born!"

Grianan schwieg eine Weile, dann setzte
er bei:

„Und wandelst du hinauf, so nütze deine
Zeit. Bedenke, wie mächtig und groß ich sei,
und du mit mir, meine Tochter, da viel hun=
dert Vasallen unseres Auges Wink lauschen
und sich auf ein einziges unserer Worte er=
heben. Die Einen habe ich ererbt oder be=
zwungen — die Anderen unterwarfen sich frei=
willig, denn sie sahen in meinem Ansehen
ihren Schutz. So ist der Lauf der Dinge.
Wohl unterwerfen sich hunderte Vasallen einem
Fürsten und seiner Tochter. Nimmer doch
wird er sich ihnen Allen — noch minder Einem
gleichstellen, ja unterwerfen!"

So sprach Grianan.

Schon am nächsten Tage erfüllte Bera des
Vaters Befehl. Also entfesselte sie am Mor=

gen bie kühlende Quelle und Abends hemmte
sie ihn wieder, den silbernen Born der Berge.

Das währte einen Mond.

Ronald sah sein Glück verblühen. Sehn-
suchtsvoll schritt er zu den Höhen, sah hinüber in die Ferne zu Vera und wohl erkannte
er manches Mal, daß sie ihn erblicke.

Aber er sah auch, wie sie ihr Antlitz scheu
abwende und gesenkten Hauptes ihre Pfade
verfolge; und als er sie zum letzten Male
sah, blieb sie an einem Abgrund stehen, zerpflückte einen Strauß schneeweißer Blumen,
und ehe sie ihn ganz zerpflückt hatte, ließ sie
ihn wehmüthig in die Tiefe fallen.

Da wußte Ronald, was das bedeute. Groß
war sein Schmerz, daß er entsagen müsse;
nicht für sich zitterte er, doch für Vera's Leben
vor des Königs Ingrimm — und für immer
entwich er aus Grianan's Landen, auf daß ihn
Vera ganz vergessen möchte.

Doch sie vergaß ihn nicht, sondern sie
gedachte Seiner Morgens und über Tags.

Sobald sie zur Quelle kam, ließ sie sich
darnieder auf dem üppigen Moos des Felsens

nächst strahlend grünem Farrenkraut und lis=
pelnden Büschen voll glühender Bergrosen. Da
seufzte sie in leisem Weh und nahm Ronalds
Blumenstrauß auf, den sie auf ihrem Busen
verborgen hielt. Ach, der Strauß war dahin
gewelkt — aber um so viel heißer küßten ihn
ihre Purpurlippen, und der Thau ihrer Thrä=
nen glänzte auf den gestorbenen Blüthen.
Sinnend und sinnend neigte sie dann ihr
Haupt, das sie auf ihre lilienweiße Hand stützte.
Und so träumte sie von Ronald, bis die Sonne
darnieder sank, bis die Zeit da war, den Felsen
vor die Quelle zu rücken, und bis sie dann
in tiefen, tiefen Gedanken die Bergpfade her=
nieder wallte.

Als sie sich eines Abends erhob, zum Berg
zu klimmen, trat ihr Grianan entgegen und
fragte gütig, ob sie der Ermahnung folge?

Da nickte sie holdselig wehmüthig zu und
flüsterte:

„Was bist du besorgt, mein Vater? Ist
er doch fort und für immer verschwunden."

Grianan aber legte seine Rechte auf der
Jungfrau Scheitel und sagte:

„Ich bin nicht besorgt, und bald wird auch deines Sinnes letztes Düster schwinden. Doch sprich, ermüdest du nicht? Ich will den Weg nicht scheuen, wie früher, denn meine Kraft ist doch nicht so erschöpft, wie ich dir sagte. Nichts bewog mich, dir die Last aufzubürden, als väterliche Sorge, damit du dich Ronald entwöhntest in Gedanken an seine Niedrigkeit und deine Hoheit!"

Als Grianan so sprach, glänzten Thränen in Bera's Augen und sie antwortete:

„Mein Vater, klug und mild hast du gehandelt, aber dennoch dein Ziel nicht erreicht — nein, du selbst hast mir meiner Wünsche Geheimniß entdeckt! Denn wie froh ich seines Anblickes war, ich dachte nie daran, Ronald zu besitzen. Deine Warnung vor ihm hat mir seinen Werth erst gezeigt, anstatt ihn zu vermindern — und die Kluft zwischen uns hat meinen Schmerz geboren, aber nicht meine Liebe vertilgt und getödtet —"

„Was hör' ich!" fiel Grianan ein.

Bera aber fuhr fort: „So oft ich an der Stelle vorübergehe, an der er mir diesen Strauß

nun welker Blumen geboten, wird mir weh im
Herzen. Und vergleiche ich all' die Pracht und
Hoheit, welche mich umgibt, sie ist nichts gegen
einen einzigen Blick aus dem Auge Ronalds,
den du ehrst und dennoch wieder verachtest!"

Und er entriß ihr den Strauß und sprach:
„Heiß lieb' ich dich, doch Strenge ist mir nicht
fremd, wenn sie mir Pflicht erscheint. Was sollen
die Thränen auf deinen Wangen? Verwische
sie und trete nimmer zu mir, eh' ich frohe
Entschlossenheit in deinen Blicken lesen kann.
Das bedenke auf einsamer Wanderung und
fahre fort, das Heiligthum der Ewigen zu be=
wahren. Noch einen halben Mond geb' ich
dir Frist — dann komm' und vernimm, wen
ich dir zum Gemahl erkor!"

„Hab' Erbarmen!" rief Bera voll Ent=
setzen. „Ich will entsagen und ich habe schon
entsagt — ich verbannte das Andenken an
Ronald, soviel ich vermochte, vergessen will
ich, wenn ich es vermag — doch opfere mich
nicht Dem, den ich nicht kenne und nie lieben
werde!"

Sie sank auf ihre Kniee und flehend sah sie zum König der Hochlande auf.

So schlingt sich die zarte Pflanze um den stolzen Felsen, der hoch emporragt und finsterer Stirne in die Gewitter schaut, wann sie sich an die Schroffen der Berge klammern. Verhängniß= volle Stille lauscht ringsum. Nur einmal oder wieder dröhnt es in den Lüften und flackert durch das schwarze Gewölk.

Das ist des Sturmes Beginn.

So stand, finsterer Stirne, Grianan. We= nige zürnende Worte entquollen seiner beben= den Lippe. Dann verstummte er wieder, und Vernichtung drohende Blicke entsandte sein Auge. Lange schwieg er, bis er, stolz abge= wandt, sein Antlitz voll Spottes gegen die Tochter lenkte und sprach: „Es ist beschlossen, und ertränkest du in deinen eigenen Thränen! Ich verachte deine Thorheit und schäme mich deines Schmerzes. Geh hin und meide mich, wiederhole ich dir, bis du vergessen. Und willst du in der gegebenen Frist deinen Wahn nicht lassen, mir gleich — ich gab mein Wort und werde das Wort erfüllen!“

Er erhob den Arm und deutete auf den Berg, von dem der Quell darnieder floß; dann schritt er fort und auf sein Gefolge zu.

Noch einmal wandte er sich und sah zurück. Da sah er die Jungfrau auf dem Antlitz liegen; aber sein Herz empfand kein Erbarmen. Und wieder wandte er sich und schritt zum herrlichen Marmorpalast in Mitte seiner Königsstadt, und schweigend folgten ihm die Vasallen. In ihren Herzen regte sich Schrecken vor seiner Gewalt — aber der war gepaart mit Unmuth über seinen Stolz und Hochmuth. Denn Jeder von ihnen dünkte sich einer Königstochter werth, und Bera's Schmerz flößte ihren rauhen Herzen Erbarmen ein.

Lange lag Bera auf ihrem Angesicht. Dann erhob sie sich und flüsterte: „So will ich denn nicht vergessen —" und wandelte den Berg hinan.

Sinnend ruhte sie an der Quelle, bis die Zeit da war, den Felsen vor die Quelle zu rücken — das that sie — und sinnend schritt sie wieder in's Thal und zur Marmorstadt.

Also wandelte sie hinauf und darnieder, und also entfloh die Hälfte des Monds.

Nichts sprach Grianan.

Aber er hoffte sein Ziel sei erreicht, denn wie er gefodert hatte, heiter und klar bedünkte ihn die Stirne Bera's.

Doch nicht ihr Sinn hatte sich geändert, nur ihr Entschluß. Wenn sie in leise sichtbarer Wonne den Berg hinaufschritt, so gedachte sie der kommenden Träume da droben an Ronald — und spielte, wenn sie darnieder schritt, das Lächeln seliger Erinnerung um ihren Rosenmund, da war es nur so, weil ihr vorschwebte: Am Tage der Gefahr nimmt mich der Abgrund auf — ich war geliebt und liebte!

Schon glaubte sich Grianan am Ziel seiner Wünsche. Längst flogen Boten durch die Lande und fuhren über das Meer zu Mac Zela, dem König der Hebriden.

Eines Abends ritt er in die Stadt.

Ihm zur Seite ritt Grianan, und hinter ihnen auf muthigen Rossen rauschten ihre Vasallen einher. Ein herrliches Bankett war angerichtet, und wann Bera von den Höhen darnieder stiege, sollte sie die Pracht und Freude des Gelages erblicken; zugleich an der Pforte des Palastes den Gemahl, welchen ihr Grianan bestimmt hatte — Mac Bela.

„Wird sie nicht scheu sein und in ihre Gemächer flüchten?" fragte der König der Hebriden.

„Ich denke es nicht," antwortete Grianan lächelnd. Und wohlgefällig streifte sein Auge über des königlichen Freundes Gestalt.

Wild und rauh ist der Männer Sinn und unbändig und heftig ihrer Freude Gebahren. Unter lautem Jubel der Vasallen und ihrer Recken weilten die zwei Könige und theilten die Wonne derselben. Mac Bela's Brust aber glühte auf in wilder Sehnsucht nach dem Anblick der schönsten aller Jungfrauen der Thäler. Dem jauchzenden Zuruf der Genossen gab er Bescheid in Wort und Trank, aber doch oft rauschte er vom goldenen Sitze und eilte an die Marmorpforte, zu spähen, ob Bera noch nicht nahe.

Und sie kam und kam immer nicht.

Und höher aufloderte die Flamme in Mac Bela's wildem Herzen, das mächtige Trinkhorn

ließ er rastlos füllen, und rastlos ging es von
Mund zu Mund. Keiner versah sich eines
Argen — aber Grianan begann es zu bangen.
„Was säumt sie zu kommen?" sagte er.
„Sollte ihr Böses wiederfahren sein?!"

Er erhob sich und trat an die Pforte des
Palastes. Als er hinaufsah zu den Bergen,
waren sie von wunbersamen Wolken und wild
wogenden Nebeln umflossen, und unheimliches
Tosen, wie des Sturmes, traf sein Ohr.

„Hinauf, Ihr des Pfades Kundige!" rief
er. „Laßt Euere Stimme erschallen und rettet
sie aus dem Orcane! Bringt sie mir heim, und
wer sie in meine Arme führt, den belohne
ich, wie einem König ziemt!"

Und fort und hinaus eilten Ihrer mehre
— in ihr Verderben!

Am Rande der Höhle lehnte Bera. Ihr
Haupt auf die Rechte gestützt, war sie in Erinnerung an Ronald versunken, ihrer Pflicht
uneingedenk, die Quelle zu schließen. So lehnte
sie. Wachend hatte sie sich in das Glück seines Besitzes geträumt, bis sie entschlummert
war — und schlummernd träumte sie fort von

Ronald — und während ihre Träume unver=
sieglich walteten, war auch die Quelle der Un=
sterblichen nicht versiegt. Vielmehr entströmte und
entströmte sie rastlos, stets hastiger und ge=
waltiger, und unter der Höhle brauste es in
früher nie benäßte Felsenbette und schoß und
schäumte die Höhen darnieder.

Das fuhr Bera aus ihren Träumen.

Verzweifelt raffte sie sich auf, umfing den
Felsen, ihn vor die Höhle zu lüpfen, daraus
die Fluthen stürzten. Aber sie schleuderten
ihn hinweg, daß er darnieder polterte, mit sich
reißend, was er traf — und zerschmetterte
Bäume sausten unter hohem Sprung darnie=
der, Felsen fuhren hinunter über Felsen, und
Fluthen entstürzten über Fluthen in das nebel=
umhüllte Thal!

Im Ruf des Entsetzens sank Bera an der
Höhle zusammen — — —

Und im Thal zu des Königs Palast stürzten
geisterbleiche Schaaren. Die verkündeten Alle
der Berge Krachen, der Fluthen tobenden Nie=
dergang in reißenden Strömen, die vielhundert=
armig geworden seien, und daß das Geschrei

der Verzweiflung weit auf hallt rings in der Stadt des Königs.

„Ha, unseliges Schicksal?" rief Grianan. „Vera hat ihrer Pflicht vergessen! Aber ich nicht auch? Verhöhnte ich nicht ihre Thränen, die Thränen der edelsten Jungfrau?! Wir sind des Verderbens Raub, und statt daß mich allein das Geschick erreichte, erreicht es Euch Alle mit mir!"

Sein Antlitz bedeckte er — Mac Zela, die Vasallen und ihre Recken flüchteten im Ge= dränge hinaus, auf stürmenden Rossen ihr Heil zu versuchen.

Doch es war vergebens.

Schon donnerten die tosenden Wasser heran, nah und ferne durch die Nacht sanken die Mauern und die Thürme, gleich finsteren Trüm= mern zerspaltener Welten. Und unterm Klage= geschrei flüchtender Schaaren wuchs und wuchs die Fluth, untergrub, stürzte nieder und ver= schlang, was sie erreichte, und leckt' und gischte am Fuße des Hügels bis zum Marmorpalast des Königs. D'ran stiegen sie tosend empor, rüttelnd an den stolzen Thürmen, hinauftobend

9*

gegen die Zinnen und zu den Grundfesten hinunter bohrend, bis die Erde barst — und
und der Palast versank — — —

Als der Morgen anbrach, kommen die
Bewohner des Landes rings auf den Berg,
von dem noch gestern die sanfte Quelle ge-
flossen.

Da fanden sie Bera entseelt — und als
sie zur Quelle und von ihr in das Thal hinab-
sahen, war der segensreiche Quell versiegt, im
Thale aber lagen die tiefen Wasser ausge-
gossen, welche die stolze Marmorstadt bedeckten,
die stolzen zwei Könige und alle Andren.

Und sie erkannten das rächende Geschick,
das grausame, und laute Klage floß von ihren
Lippen um Bera.

Am Ufer fand sie ihr Grab.

Das wurde in alten Tagen zur Zeit des
Lenzes von den Jungfrauen der Thäler ringsum
besucht, viel tausend Blumen fielen darauf und
mit den Wassern des See's wurde es benetzt.

So auch das Grab Ronalds.

Er war wiedergekehrt und Gram beugte
seine männliche Seele, bis sie erlag.

An Bera's Seite ruhte er, der letzte Recke von Awe.

Was suchst du, sinnender Wanderer der Hochlande? Die Gräber Ronalds und der Königstochter Bera?

Längst sind sie verkommen und verwischt und holder Wahn nur deutet auf ihre Stätte.

Wo immer sie seien, vergiß nicht: Wer die Thränen einer Jungfrau verachtet, den trifft Verderben — und vergiß nicht — den tiefen Sinn des Weltgeschickes!